AF094195

www.ingramcontent.com/pod-product-compliance
Lightning Source LLC
LaVergne TN
LVHW010410070526
838199LV00065B/5935
* 9 7 8 9 3 6 9 0 8 9 0 7 9 *

لالٹین جلتی رہے

(افسانے)

محمد حامد سراج

© Mohammad Hamid Siraj

Laalteen jalti rahe *(Short Stories)*
by: Mohammad Hamid Siraj
Edition: April '2025
Publisher :
Taemeer Publications LLC (Michigan, USA / Hyderabad, India)

ISBN 978-93-6908-907-9

مصنف یا ناشر کی پیشگی اجازت کے بغیر اس کتاب کا کوئی بھی حصہ کسی بھی شکل میں بشمول ویب سائٹ پر اَپ لوڈنگ کے لیے استعمال نہ کیا جائے۔ نیز اس کتاب پر کسی بھی قسم کے تنازع کو نمٹانے کا اختیار صرف حیدرآباد (تلنگانہ) کی عدلیہ کو ہو گا۔

© محمد حامد سراج

کتاب	:	**لالٹین جلتی رہے** (افسانے)
مصنف	:	**محمد حامد سراج**
صنف	:	فکشن
ناشر	:	تعمیر پبلی کیشنز (حیدرآباد، انڈیا)
سالِ اشاعت	:	۲۰۲۵ء
صفحات	:	۹۰
سرورق ڈیزائن	:	تعمیر ویب ڈیزائن

فہرست

(۱)	اجتماعی مات	6
(۲)	خودداری کی نیند	17
(۳)	قدیمی کرسی اور کتاب کی مرمت	23
(۴)	الٹے پاؤں	30
(۵)	لرزیدہ لمحوں کا تاوان	40
(۶)	شور بہت کرتا تھا	52
(۷)	میکینک کہاں گیا	59
(۸)	بوسیدہ آدمی کی محبت	73
(۹)	لالٹین جلتی رہے	82

اجتماعی مات

اس نے اوور کوٹ پہن رکھا تھا۔ اگر میری یادداشت کی چُولیں ڈھیلی نہیں پڑیں تو اوور کوٹ کا رنگ سبز تھا۔ یہ عرض کرتا چلوں کہ اس اوور کوٹ کا سلسلہ کہیں بھی غلام عباس کے مشہور افسانے ''اوور کوٹ'' سے نہیں جڑتا۔ دیکھنا یہ ہے سبز اوور کوٹ پہنے وہ جا کہاں رہا ہے۔۔۔؟ اس کی سمت کیا ہے۔۔۔؟ اکثر شام ڈھلے وہ ہوسٹل کے کمرے سے بے ترتیب بالوں سمیت نکلتا، کمرے کا دروازہ بھیڑتے ہوئے سیٹی کی آواز کوریڈور میں گونجتی۔ سیڑھیاں اتر کر وہ برآمدے میں کھڑا ہو کر ایک بھرپور انگڑائی لیتا۔ منہ پر الٹا ہاتھ جمائی کے انداز میں جما کر عجیب وغریب آوازیں نکالتا پھر بازو ڈھیلے چھوڑ کر ہر طرف نگاہ دوڑاتا۔ آہستہ آہستہ برآمدے سے باہر نکلتا اور پھر لمبے لمبے ڈگ بھرتا برآمدے کی مغربی سمت کی سیڑھیاں اُترتا کالج گراؤنڈ کا رخ کرتا۔ کالج گراؤنڈ کے اطراف سٹنگ ارینجمنٹ کسی بڑے عالمی کھیل کے میدان کا نقشہ پیش کرتی تھیں۔ وسیع وعریض گراؤنڈ میں اس کی نشست مخصوص تھی۔ سرد شاموں میں وہ وہاں تنہا بیٹھا کسی انگریزی فلم کا کردار لگتا۔ سگریٹ وہ کوٹ کی دائیں جیب میں اور ماچس بائیں جیب میں رکھنے کا عادی تھا۔ جب وہ

گراؤنڈ میں داخل ہوا دسمبر کی سرد ہوا ہڈیوں کو چیرتی پورب سے پچھم کو چلتی تھی۔ اس نے سگریٹ ہونٹوں میں دبایا۔ بائیں جیب میں ماچس نکالنے کو ہاتھ ڈالا تو ماچس کی بجائے لائٹر اس کے ہاتھ میں تھا۔ یہ اسے صبح ایک دوست نے تحفہ دیا تھا۔ اس نے لائٹر کے سرخ اور نیلے شعلے کو غور سے دیکھا۔ وہ بہت دیر لائٹر کو ہاتھ میں تھامے غور سے دیکھتا رہا۔ ٹرانس پیرنٹ لائٹر میں لیکوئڈ گیس کو اس نے ایسے دیکھا جیسے یہ کوئی نئی دریافت ہو۔ اچانک جانے اسے کیا سوجھی وہ کھڑا ہوا۔ جسم کو تولا، بازو کو گھما کر لائٹر پھینکا وہ گراؤنڈ کے وسط میں کہیں جا گرا۔

''یار یہ کیا مذاق ہے۔۔۔؟''

اس نے پلٹ کر دیکھا تو اس کا ایک لمبا تڑنگا بڑھی شیو اور اُلجھے بالوں والا ہوسٹل فیلو کھڑا تھا۔

''تم یہاں کیا کر رہے ہو۔۔۔؟''

''کیا گراؤنڈ کی تم نے بکنگ کرا رکھی ہے۔۔۔؟''

''بیٹھو۔۔۔''

''یہ لائٹر کو کس خوشی میں گھما پھینکا ہے۔۔۔؟''

''دفعہ کرو یار! لائٹر سے تو دانتوں میں خلال بھی نہیں ہو سکتا۔ ماچس کا اپنا ایک مزہ ہے تمبا کو کے ساتھ تیلی کے سرے پر لگے بارود کی بُو۔۔۔ اس کا اپنا ایک مزہ ہے۔''

اس نے کوٹ کی بائیں جیب سے ماچس نکالی، سگریٹ سلگایا، منہ میں سے دُھوئیں کے گول گول چھلے نکالے، اپنی ادا پر خود ہی مسکرایا۔ دُھوئیں سے چھلے بنانے کا فن اس نے چند روز قبل سیکھا تھا۔ کالج کا اپنی نوعیت میں وہ منفرد کردار تھا۔ گفتگو کے دوران متنوع موضوعات پر طبع آزمائی اس کے مزاج کا حصہ تھا۔ بیڈمنٹن اور ڈرافٹ کا مشّاق کھلاڑی تھا۔ ڈرافٹ کا وہ بے تاج

بادشاہ کہلاتا تھا۔اس کھیل میں اپنے آپ کو یکتا سمجھنے والے اس کے سامنے بے بس ہو جاتے تھے۔جیت جانے کا نشہ اس کے چہرے پر اُبھرتا ضرور تھا لیکن اس کی کوئی ادا اوچھی نہیں تھی۔

وہ سگریٹ سے چھلے بناتے ہوئے جانے کن خیالوں میں گم تھا۔۔۔؟ یہ لم تڑنگ آج گراؤنڈ میں کیا لینے آیا ہے۔۔۔؟ یہ دفعہ کیوں نہیں ہوتا۔اس بے وقوف کو کیا معلوم کہ تنہائی کی محفل کا لطف کیا ہوتا ہے۔یادوں کے میلے میں گھومنے کا اپنا الگ لطف ہے۔یہ ٹلنے کا نام ہی نہیں لے رہا۔

''یار وہ لائٹر میں اُٹھالوں۔۔۔؟''

''ہاں اُٹھالے یار۔۔۔''اس نے بے زاری سے کہا۔

لائٹر اُٹھا کر وہ دوبارہ اس کے پاس آبیٹھا۔

''آج کی تازہ خبر سنی ہے۔۔۔؟''

''کیا۔۔۔؟''

''عجیب سی خبر ہے۔۔۔ہے بھی تمہارے بارے میں۔۔۔!''

''میرے بارے میں۔''

''ہاں۔۔۔تمہیں بڑا زُعم ہے نا۔۔۔ڈرافٹ میں تمہیں کوئی مات نہیں دے سکتا۔کل سہ پہر ڈھلنے پر تم ڈرافٹ ہار جاؤ گے۔۔۔اور ممکن ہے اس شکست کے بعد تم ڈرافٹ کھیلنا ہمیشہ کے لیے چھوڑ دو۔۔۔''

''میں سمجھا نہیں۔۔۔کس نے چیلنج کیا ہے مجھے۔۔۔؟''

''ادریس علی۔۔۔''

''ادرریس علی۔۔۔اسے تو کبھی ڈرافٹ کھیلتے دیکھا ہی نہیں گیا۔''

"کل سارا ہوسٹل دیکھ لے گا۔"

سرد ہوا پورب سے پچھم کو چلتی تھی۔ وہ گراؤنڈ سے واپس ہوئے تو شام کی لالی رات کی سیاہی میں مدغم ہو چلی تھی۔ کوٹ کی جیبوں میں ہاتھ ڈالے وہ لمبے لمبے ڈگ بھرتا رات کے کھانے کے لیے میس میں داخل ہوا۔ کھانا کھانے کے دوران اس کے ذہن میں ایک ہی آواز گونج رہی تھی۔۔۔ مجھ سے پوچھے بنا یہ ڈھنڈورا کس نے پیٹا۔۔۔؟ خیر چٹکی کی مار ہے لیکن اگر میں ہار گیا تو۔۔۔؟ نہیں نہیں۔۔۔ مجھے نہیں ہارنا ہے۔۔۔

کھانے سے فارغ ہو کر وہ اپنے کمرے میں آیا۔ الماری سے ڈرافٹ نکالی اور پھر رات گئے تک بیٹھا چالوں پر غور کرتا رہا۔ اس کے اندر جنگ جاری تھی۔ اس نے ادریس علی خان کو کبھی ڈرافٹ کھیلتے نہیں دیکھا تھا لیکن وہ پھر بھی خائف ہو گیا۔ اس کی نیند اڑ گئی۔ سہ پہر میں اتنی دیر کیوں ہے۔۔؟ سہ پہر کا لمحہ کب آئے گا۔۔ فیصلہ تمام ہو۔۔ یہ ذہن بھی عجیب کارخانہ ہے اس میں کوئی ایک بات اپنی تکمیل کے مراحل سے گزر رہی ہو تو جب تک وہ تیار ہو کر مکمل نہ ہو، یہ کارخانہ کچھ اور قبول ہی نہیں کرتا۔۔۔ سارے کام دھرے رہ جاتے ہیں۔ بس کھٹ کھٹ سنائی دیتی رہتی ہے۔

ادریس علی خان ایک دھیمے مزاج کا نوجوان تھا۔ نکلتا ہوا قد، شانوں پر بال بکھرے ہوئے، مانگ درمیان سے نکلی ہوئی، داڑھی ترشی ہوئی، بائیں کان میں بُندا، داہنے ہاتھ کی وسطی انگلی میں چاندی کی انگوٹھی جس میں یاقوت جڑا ہوا، خاموش طبع، چال میں وقار اور متانت۔۔۔ بارش کے موسم میں دوستوں کے اصرار پر اپنی سریلی لے میں دوہڑے الاپتا تو پرندے ہوا میں پرواز روک لیتے، بانسری اور اکتارہ بجانے میں بھی وہ یکتا تھا۔ اس کی گیلی آنکھوں میں جانے کون بسا تھا۔۔۔؟ لڑکے کہتے تھے اسے عشق نے باندھ رکھا ہے اس کی شخصیت کا سحر عشق کی دین ہے۔

عصر کے بعد لڑکے ہوسٹل کے لان میں جمع ہونے شروع ہو گئے۔ادریس علی سیمنٹ کے بنچ پر بیٹھا بانسری بجا رہا تھا۔

وہ ڈرافٹ بغل میں دبائے لان میں آیا تو خوب تالیاں بجیں۔اس نے ادریس علی سے ہاتھ ملایا۔ڈرافٹ سیمنٹ کے بنچ پر سجائی۔کالی اور سفید گوٹیاں ترتیب سے رکھیں۔

''گیم ہارنا پسند کرو گے یا بلاک کر دوں۔۔۔؟''

اس نے سر اُٹھا کر ادریس علی تکتّن دیکھا۔۔۔''میں اس زعم کی وجہ پوچھ سکتا ہوں۔۔۔؟''

''زعم نہیں ہے مجھے۔۔جیت سے میرے من میں کوئی خوشی نہیں پھوٹتی۔مدِ مقابل کی ہار کا درد بھی مجھے تکلیف میں مبتلا کر دیتا ہے۔لیکن کیا کروں۔۔شاید کسی کی دعا ہے۔میں آج تک اپنی ذات کا یہ عقدہ نہیں حل کر پایا کہ میں کیوں جیت جاتا ہوں۔''

''گفتگو بند۔۔۔گفتگو بند بھئی۔۔۔اب کھیل شروع ہو۔۔۔پانچ بازیاں ہوں گی۔''

''بازی تو ایک بھی کافی ہوتی ہے۔۔۔'' گیلی آنکھوں والے نے چاندی کی انگوٹھی گھمائی۔

کھیل شروع ہوا۔پانچ سات چالوں میں ہی ادریس علی نے سارے رستے مسدود کر دیے۔اس کے پاس چال چلنے کو کوئی رستہ نہیں تھا۔وہ ہر طرف سے گھر چکا تھا۔گیم بلاک ہو گیا اور وہ پہلی بازی ہار گیا۔

دوسری بازی۔۔۔اس نے چالوں کو تازہ کیا۔۔۔سارے داؤ آزما ڈالے لیکن ہار اس کا مقدر تھی۔۔۔ادریس علی نے انگلی میں انگوٹھی گھمائی۔سفید گوٹی سے پہلی چال بڑھائی اور کہا۔۔۔

''دوست ایک بات ذہن میں رکھنا۔۔۔یہ کھیل ہے۔۔کھیل میں جذباتی نہیں ہوا کرتے۔ہر کھیل ٹھنڈے دماغ سے۔۔۔جیت گئے تو جیت گئے۔۔مات کو بھی تو جیت مانا جا سکتا ہے۔تم نے کھیل کی ہار جیت کو سنجیدگی سے نہیں لینا۔''

اسے اندازہ ہوگیا کیوں کہ وہ خود ایک مشاق کھلاڑی تھا کہ اس کا مدِمقابل اس کھیل میں اس سے کہیں زیادہ ماہر ہے تیسری بازی طول کھینچ گئی لیکن وہ ہار گیا۔۔۔! تالیوں کے شور کے باوجود اس نے اپنا حوصلہ برقرار رکھا اس کی وجہ شاید ادریس علی خان کا متبسم چہرہ تھا۔ یکے بعد دیگرے تین بازیاں ہارنے کے بعد وہ میچ ہار چکا تھا۔ آخری دو بازیاں کھیلنا عبث تھا۔ وہ سیمنٹ کے بنچ سے اٹھا۔ کوٹ کی جیب میں ہاتھ ڈالے سگریٹ سلگایا۔ لان میں بیٹھے لڑکوں پر ایک اچٹتی سی نگاہ ڈالی۔ چار کی ٹولی لُڈو کھیل رہی تھی۔ دو لڑکے ہمیشہ کی طرح ''نوگیٹی'' کھیلنے میں مگن تھے۔ ایک لڑکا جو، ڈمپر موٹو کے نام سے معروف تھا کوئی کھیل کھیلنا اس کا مشغلہ نہیں تھا اس کے پاس ایک اچھی نسل کا پاکٹ ریڈیو تھا۔ وہ اس پر دنیا جہان کی خبریں سننا، موسیقی، کلاسیکی راگ، تجزیے اور زراعت کے پروگرام تک سننا اس کا معمول تھا۔ مائل بہ فربہی ڈمپر موٹو کالج کے اوقات کے بعد ہمیشہ نیکر پہنتا، جین کی شرٹ جس کے کالر پر میل جم چکی تھی۔ بکھرے ہوئے گھنگریالے بال، پاؤں میں ہوائی چپل، چلنے کا انداز نرالا، جھولتا ہوا کندھے جھکا کر جیسے بلندی سے پستی کو اتر رہا ہو۔ لڑکے اس کا مذاق اڑاتے کہ موٹو زوال کی علامت ہے۔

آج اس نے ڈرافٹ میں بری طرح مات کھائی تھی۔ وہ سوچتا رہا ایک عرصہ میں نے اپنا مغز کھپایا لیکن پھر بھی ادریس علی سے ہار گیا۔۔۔ کیا مجھے اس سے ڈرافٹ دوبارہ سیکھنا چاہیے۔ حرج ہی کیا ہے۔۔۔ معلوم تو ہو وہ کیسے چال بناتا ہے کہ سارے کھیل پر، چھا جاتا ہے۔ وہ کمرے میں لیٹا سوچوں میں غلطاں و پیچاں اپنے آپ سے بے خبر ہار جیت کے فلسفے پر غور کر رہا تھا کہ دروازے پر دستک ہوئی۔۔۔ حسبِ معمول اس نے کہا۔

''اندر آجایئے۔۔۔''

وہ حیرت سے اُچھلا۔۔۔ ادریس علی پہلی بار اس کے کمرے میں آیا تھا۔ اس نے ہیٹر پر

چائے رکھی پلیٹ میں بسکٹ سجائے۔۔ چائے کے ساتھ ہی اس نے الماری سے ڈرافٹ نکالی۔

''ڈرافٹ رہنے دو یار۔۔۔آج باتیں کریں گے۔''

''ادریس علی تم اس کھیل میں طاق کیسے ہوئے۔۔۔؟''

''کوئی خاص بات نہیں۔۔۔بس تجربہ۔۔۔اور داؤ پیچ۔۔۔تم بھی تو اتنے بہت سے لوگوں سے جیت جاتے ہو۔ہار جیت زندگی کا حصہ ہے۔ہار جانے پر حوصلہ نہیں چھوڑنا چاہیے۔چائے کا خیال کرو۔۔۔ہیٹر بند کرو۔۔۔''

اوہ۔۔اس نے چائے پیالیوں میں اُنڈیلی۔

''ادریس علی۔۔۔یہ پُتلی تماشا نہیں ہے کیا۔ہم سب پُتلیاں ہیں۔ہماری مرضی کیا ہے۔۔۔؟کبھی سوچا تم نے۔۔مقدر کیا ہے۔۔۔؟ہم بیمار ہوتے ہیں یہ ہمارے بس میں نہیں ہم بیمار نہ ہوں،ہم بوڑھے ہو جاتے ہیں۔عمر کے زوال کو روکنا بھی ہماری دسترس میں نہیں ہے۔۔۔ہم ہار گئے تو قسمت کو کوس لیا جیت گئے تو قسمت کے دھنی کہلائے۔۔۔ہم کیا ہیں۔۔۔زمین پر نائب لیکن خود مختار تو نہیں ہیں نا۔۔۔!''

''چھوڑو یار۔۔چپ چاپ زندگی جیے جاؤ۔ذہن میں دوڑنے والے سوالات کو لگام دیا کرو۔ایسا نہ ہو یہ بے لگام گھوڑے ایک روز تمہاری لاش گھسیٹیں۔مان لینے میں آسانی ہے۔۔۔جینا ہے تو اللہ کو ایک مان لینے میں حرج ہی کیا ہے۔۔۔موت سے ہم کنار تو ہونا ہے۔انسان اسے ایک تسلیم نہ کرے اس سے کائنات میں کوئی فرق نہیں پڑتا اپنی راہ کھوٹی ہوتی ہے۔بڑا گہرا فلسفہ ہے دماغ کی چُولیں ہلا دیتا ہے اسی لیے کہا ہے سوالات کے گھوڑوں کو لگام دیے رکھا کرو یہ بے لگام ہو جائیں تو برباد کر دیتے ہیں۔زندگی روند ڈالتے ہیں۔مفکرین نے عمریں کھپا دیں۔۔بس تسلیم و رضا کا فلسفہ ہی کام آتا ہے۔'' چائے کی چسکیوں کے درمیاں وہ محوِ گفتگو تھے کہ

ڈمپر موٹو ریڈیو کان سے لگائے اندر داخل ہوا۔

''ملکی حالات سخت خراب ہیں۔۔۔میں نے سوچا سب کو اطلاع کر آؤں۔''

''خبرنامے سُن سُن کر تیرا دماغ کام چھوڑ گیا ہے۔میڈیا ہمیشہ حکومت نامہ نشر کرتا ہے۔یہ سیاسی کھیل ہیں۔چینل بدل لیا کر۔۔۔ہر طرف امن ہے۔چین ہے۔۔۔مت خوف پھیلایا کر۔۔۔!''

''نیرو بھی چین کی بانسری بجاتا رہا تھا۔۔۔تم سب بھی مل کر بانسری بجاؤ۔''

ڈمپر موٹو دروازہ بھیڑ کر چلا گیا۔

''یار! ہم نے بے چارے کی بات پر توجہ نہیں دی۔بات تو اس کی ٹھیک تھی۔''

''چھوڑ دیار۔۔۔بے خبری کا اپنا ایک مزہ ہے۔''

''چاہے طوفان سب کچھ بہالے جائے۔''

''کچھ نہیں ہوگا یار۔۔۔!''

''بات ہونے یا نہ ہونے کی نہیں ہے۔۔۔ملکی تو خیر ملکی، عالمی حالات کا بگاڑ جانے زمین پر کیا گل کھلائے۔''

''چھوڑو۔۔۔تم مجھے ڈرافٹ کے گُر سکھاؤ۔''

''تمہاری اسی لاپرواہ طبیعت سے مجھے ڈر لگتا ہے تم زندگی کو سنجیدگی سے کیوں نہیں لیتے۔۔۔؟ ہم افراد سے ہی معاشرہ ترتیب پاتا ہے۔اقوام جنم لیتی ہیں۔سلطنت پھلتی پھولتی ہے۔''

''یار۔۔۔یہ اتنا گاڑھا فلسفہ۔۔۔کالج لائف کے بعد ساری عمر کا روگ ہے۔ابھی تو چار دن عیش کرلیں۔۔۔آتش جواں ہے۔''

''ہاں محمد بن قاسم بھی جوان تھا۔۔۔،سترہ سال اس کی عمر تھی۔۔۔جس عمر میں ہم ڈرافٹ کھیل رہے ہیں اِس عمر میں وہ جنگی چالیں کھیلتا تھا۔اس عمر میں اس نے بابِ سندھ پر آ دستک دی تھی۔''

''ہاہاہاہاہا۔۔۔ہاہاہا۔۔آج کا محمد بن قاسم لُڈو، ڈرافٹ اور نوگیٹی کھیلتا ہے اور اور۔۔۔!''

''ہنسنے کی بات نہیں ہے۔۔۔!ابھی تو وہ کہہ کر گیا ہے کہ ملکی حالات سخت خراب ہیں۔''

وہ موضوعات کو چباتے رہے۔۔۔بہت دیر بعد وہ پھر کیفے ٹیریا کا ارادہ کر کے کمرے سے نکلے۔دونوں ہوسٹلوں کے درمیان مختصر سے ٹیرس پر لگی لکڑی کی ریلنگ پر کہنیاں ٹکائے ڈمپر موٹو ریڈیوسُن رہا تھا۔وہ اُس کے پاس سے گزرے۔

''لاشیں ہی لاشیں۔۔۔بارش ہو رہی ہے۔۔۔میزائلوں کی بارش۔۔۔موسلادھار بارش۔۔۔حالات سخت خراب ہیں۔''

''یہ پاگل ہے۔۔۔''

''نہیں یار۔۔۔کم سے کم خبر تو رکھتا ہے نا۔۔۔''ادریس علی نے کہا۔

''خبر رکھنے سے کیا مصیبت ٹل جائے گی۔درمیان میں سمندر ہے اور نفرت کے سمندر کی گہرائی عمیق ہے۔کھیل کھیلنے والے اپنا کردار ادا کر چکے۔کسی آن خبر آئے گی کہ انھوں نے ہمارا آدھا وجود کاٹ کے پھینک دیا ہے۔ہم کیا کر سکتے ہیں،ابھی کل ہی ہم نے فارٹی سیون میں خون کا سمندر عبور کیا ہے۔''ان کا رُخ کیفے کی جانب تھا۔

''دوست ایک بات پوچھ سکتا ہوں۔۔۔؟''

''ہاں ہاں کیوں نہیں۔۔۔''

''تمہارا یہ جواوورکوٹ ہے۔۔۔سنا ہے کسی امیر کبیر لڑکی نے تمہیں مہنگے داموں خرید کر تحفہ

دیا تھا۔"

ہاں۔۔۔ یہ سچ ہے۔میں سارا دن بس اسٹاپوں پر لڑکیوں کا پیچھا کیا کرتا تھا۔ایک لڑکی تھی یار، غضب کی خوبصورت تھی۔اس کے ہر عضوِ بدن سے حُسن چھلکتا تھا۔لیکن سالی لفٹ نہیں کراتی تھی۔۔۔جانے کیسے ایک دن انہونی ہوگئی۔وہ مجھ پر مہربان ہوگئی۔ایک کیفے میں اس نے مجھے چائے پر مدعو کیا۔میز پر ہم آمنے سامنے تھے اور سارے موسم اس کے بدن سے پھوٹتے تھے۔میز پر وہ کہنیوں کے بل آگے کو جھکی اور سرگوشی میں مجھے کہا۔۔۔

"تم شکل سے خیراتیے لگتے ہو۔۔یہ لو پچاس روپیہ اور اپنی پسند کا گفٹ خرید لینا اور ہاں اگلا گفٹ طمانچہ ہوگا۔"

"تو پھر۔۔۔؟"

"لنڈے سے پچاس روپے میں یہ طمانچہ خریدا اور پہنے پھر رہا ہوں۔۔۔اور کیا نام ہے اس کا۔۔۔سالا۔۔۔نپولین کی اولاد۔۔لیئو۔۔۔حیرت تخلص کرتا ہے ایک روز کالج گراؤنڈ میں اس نے مجھے کہا تھا۔۔۔Life is miscrable۔۔اس سالے کو کیا معلوم لائف کب Miscrable ہوتی ہے؟ یہ اس وقت Miscrable ہوتی ہے جب انسان طمانچہ پہن لیتا ہے۔۔۔چھوڑ و یار۔۔سموسے کھائے جائیں۔"

ادریس علی خان حیرت سے اسے دیکھ رہا تھا۔عجیب متضاد پہلو دار شخصیت کا مالک ہے یہ۔۔۔!

اگلے روز یا شاید اُس سے اگلے روز۔۔۔دن تو سارے ایک سے ہوتے ہیں۔۔۔لمحہ لمحہ ماضی میں ڈھلتا دفن ہوتا وقت۔۔۔سرکتا "حال"۔۔۔نامعلوم "مستقبل"۔۔۔اگلے روز۔۔۔ کوئی سا بھی دن ہو کیا فرق پڑتا ہے۔۔۔؟

دھوپ تیز تھی۔

چار کی ٹولی لُڈو کھیل رہی تھی۔ دو مخموط چہرے والے لڑکے ہمیشہ کی مانند ''نوگیٹی'' کھیلنے میں مگن تھے۔ وہ سیمنٹ کے بنچ پر بیٹھا اوورکوٹ گود میں دھرے ادریس علی خان کے ساتھ ڈرافٹ کھیل رہا تھا۔ کچھ لڑکے کپڑے دھو کر سوکھنے کے لیے رسّی پر پھیلا رہے تھے۔

''آج ڈمپر موٹو غائب ہے۔۔۔'' ایک لڑکے نے کہا۔

''اسی لیے تو ملکی حالات ٹھیک لگ رہے ہیں۔ افواہیں پھیلانا بھی اس موٹو پر بس ہے۔''

ہوسٹل کی دوسری منزل کے ایک کمرے کی کھڑکی میں ایک منچلے نے ڈیک پوری آواز میں کھول رکھا تھا۔ اچانک برآمدے کی مغربی سمت سے ڈمپر موٹو تیز تیز قدموں سے آتا دکھائی دیا۔ ریڈیو حسبِ معمول اس کے کان سے چپکا ہوا تھا۔

''لو۔۔۔ بھئی وہ آ گیا۔۔۔ اس کی چال بتا رہی ہے کہ عالمی حالات تباہی کے آخری سرے پر پہنچ چکے ہیں۔''

ڈمپر موٹو کی سانس پھولی ہوئی تھی۔۔۔ اس نے چیخ کر کہا۔۔۔ ''اوئے اُلو کے پٹھے سے کہو، ڈیک بند کرے۔۔۔'' نیچے سے ایک پتھر پھینک کر انہوں نے دوسری منزل والے کو متوجہ کیا اور ڈیک بند کرایا۔۔۔

''ڈمپر یار۔۔۔ خیریت تو ہے نا۔۔۔ تیری سانس کیوں پھولی ہوئی ہے۔۔۔؟''

''تم سب اپنے اپنے کھیل بند کرو۔۔۔ ''نوگیٹی لُڈو'' ڈرافٹ۔۔۔ اور یہ موسیقی۔۔۔!''

''ہوا کیا ہے۔۔۔؟''

''ہم سب کو اجتماعی مات ہو گئی ہے۔۔۔'' اور وہ پھوٹ پھوٹ کر رونے لگا۔

لان میں سناٹا چھا گیا۔۔۔ گہری اور دبیز چُپ۔۔۔!

☆☆☆

خودداری کی نیند

یہ 2007ء ہے۔

ترتیبِ وقت میں یہ سال قیامت تک نہیں پلٹے گا۔

اب کے برس بھی ایک شخص کا کھانستے کھانستے براحال ہوگیا۔ دونوں اطراف کی پسلیوں پراس نے ہاتھوں کا دباؤ ڈالا اور ایک لمبا سانس کھینچا۔ کہولت تو اس کے جسم میں کئی برس سے مقیم ہے لیکن قوتِ ارادی کی لاٹھی ٹیکتا وہ زندگی گھسیٹ رہا ہے۔ اُسے یقین ہے ایک روز موت نے آنا ہے اور مجھے لے جانا ہے لیکن زمین پر وہ اپنی زندگی کا بوجھ کسی اور پر ڈالنے کے حق میں نہیں۔ سفید ریش، چہرے پر پھیلا جُھریوں کا جال۔ ان جُھریوں میں عمر بھر کی مفلوک الحالی کا ڈیرہ ہے۔ رُخساروں کی اُبھری ہوئی ہڈیاں غربت میں بسر ہوتے شب وروز کی گواہ ہیں؟ اوائل عمر میں اللہ نے اُسے ایک بیٹا عطا کیا تھا۔۔۔ گورچِٹّا۔۔۔ اس کی بیوی کا کہنا تھا۔

''یہ مجھ پر گیا ہے۔''

وہ مسکرا کر چپ ہو رہتا کہ اس کا رنگ گندمی تھا۔

بیٹے کی پیدائش پر اس کے گھر رشتہ داروں اور دوستوں کی مبارک باد کا میلہ لگا رہا تھا۔ اس کا ایک قریبی عزیز جس کی اولاد خوش حال تھی کہنے لگا۔

''خوش قسمت ہو بھائی۔ اللہ نومولود کی عمر دراز کرے تمہارے بڑھاپے کا سہارا ہو گیا۔''

''بھائی۔۔۔سب سے بڑا سہارا اللہ کا ہے۔ اولاد پر بھروسہ عبث ہے۔''

''لیکن بھائی دُنیا اسباب کے سہارے چل رہی ہے۔''

''اس سے انکار نہیں لیکن میرا یقین ہے اللہ کے سوا سب سہارے عارضی اور ناپائیدار ہیں۔''

بیٹا جب سکول میں داخل ہوا میاں بیوی خوش تھے۔ پہلے روز وہ اُسے سکول چھوڑنے گیا تو اس کی بیوی نے بوسیدہ لکڑی کے ٹوٹے ہوئے دروازے کے ادھ کھلے کواڑ سے آواز دے کر پوچھا۔۔۔

''آج کام پر نہیں جاؤ گے۔''

''بیٹے کو سکول پہنچا آؤں پھر نکلتا ہوں۔''

''اس کا گھر عُسرت کی منہ بولتی تصویر تھا لیکن کبھی کسی نے اُس کی زبان سے ایسا کلمہ نہ سنا جس سے ناشکری جھلکتی ہو۔۔۔ گھر کیا تھا۔۔۔؟ ایک کچا کمرہ، چھت جس کا ٹیڑھی میڑھی لکڑی کی کڑیوں اور گھاس پھونس سے بنا تھا۔ دیواروں پر اس کی بیوی ہر سال مٹی کا تازہ لیپ کر دیا کرتی تھی، چھوٹا سا کچا صحن، داہنی جانب مٹّی کے چولہے، گرمیوں کے لیے ایک چھپر، صحن کے شمالی کونے میں لکڑیوں کا ڈھیر جو وہ اکثر جنگل سے چن لایا کرتا تھا۔۔۔!''

اس کی بیوی کبھی حرفِ شکایت زبان پر لاتی تو وہ تسلی کا مرہم نکال لاتا۔

''اللہ کی بندی۔۔۔ ہم غریب امیروں سے پانچ سو سال پہلے جنت میں جائیں گے اور

مولوی صاحب نے بتایا ہے قرآن میں صاف لکھا ہوا ہے کہ آخرت کا ایک دن پچاس ہزار سال کے برابر ہوگا۔'' اس کی بیوی سر پر دوپٹہ جما کر ٹھنڈی سانس بھرتی اور نم آنکھوں کے ساتھ کاموں میں جُت جاتی۔ وہ دونوں رات میں مونگ پھلی، ریوڑی، ٹافیاں اور بُھنے ہوئے چنوں کے پیکٹ بناتے اور صبح دم وہ نمازِ فجر کے بعد مسجد میں ہی سورج طلوع ہونے کا منتظر رہتا۔ اشراق کے نوافل ادا کرنے کے بعد گھر میں اکثر باسی روٹی سے ناشتہ کرتا اور کام پر نکل جاتا۔ مطمئن رہنا اُس کے مزاج کا حصہ ہو گیا۔ کبھی کوئی سوال اُٹھاتا تو وہ دھیمے لہجے میں کہتا۔

''بھائی۔۔۔اُس کریم ربّ کا جتنا شکرادا کیا جائے کم ہے۔ دِن بھر میں اتنی بچت ہو جاتی ہے کہ روزانہ دال ساگ پکا لینا آسان ہو جاتا ہے۔ گھر میں لمبی بیماری کا روگ نہیں، مقروض ہم نہیں۔۔۔اللہ سے اور کیا مانگیں۔ خوش قسمت ہیں، ہم کوئی ایسا گھر ڈھونڈ دکھاؤ جہاں بیماری اور قرض کا عذاب نہ ہو۔ اللہ ہم سے راضی ہم اللہ سے راضی!''

''کتنا بڑا انعام ہے رب سوہنے کا جس نے ہمیں قرض اور مرض سے بچا رکھا ہے۔ چند ٹکوں کے لیے ناشکری کر کے ہم یہ نعمت کیوں گنوائیں۔۔۔''

زندگی اور وقت رواں رہتے ہیں۔ زندگی اپنا سفر مکمل کر کے پیوندِ خاک ہو جاتی ہے۔ وقت اپنی عمرِ رواں قیامت کے روز پوری کرے گا جب اس کے پیمانے بدلے جائیں گے۔ وقت جاری رہتا ہے، ہم گزر جاتے ہیں۔ وقت کے پیمانے سے صدیاں، زمانے اور نسلیں گزر جاتے ہیں لیکن یہ پیمانہ نہیں چھلکتا۔

اس کچے گھر میں جس کے صحن کی شمالی سمت والے کونے میں جنگل سے چُنی لکڑیوں کا ڈھیر تھا، کچے چولہے، چھپر اور ٹوٹا ہوا لکڑی کا کواڑ تھا۔ پوہ کی ایک یخ بستہ رات میں وقت نے بوسیدہ دروازے پر کچھ اس طور دستک دی کہ گھر اینٹ اینٹ لرز اُٹھا۔ صحن میں رکھی لکڑیوں کا ڈھیر تڑ تڑ

جلنے لگا۔ چھپر کے گھونسلوں میں سے پرندوں نے خوف کی لپیٹ میں آ کر اُڑان پکڑی، ہینڈ پمپ کا پانی گر گیا۔ رات کا کوئی پہر تھا۔ اس کے بیٹے نے پیٹ درد کی شکایت کی۔ ماں نے دار چینی، پودینہ اور چھوٹی الائچی کا قہوہ بنا کر دیا لیکن درد پورے گھر میں پھیل گیا۔ اس کچی بستی میں ایک ہی حکیم تھا۔ وہاں جانے کے لیے اُس نے اپنے ہمسائے کے دروازے پر دستک دی۔ اس نے آنکھیں ملتے ہوئے ریڑھی میں گدھا جوت کر اُسے ہانک لگائی۔ ریڑھی پر بستر میں بیٹے کو لپیٹا۔

وہ یخ بستہ رات میں گھر سے نکلے۔ حکیم گہری نیند سے بمشکل بیدار ہوا۔ اس نے درد کی جگہ ٹٹولی۔۔۔ ناف کے گرد گھومتا ہوا پیٹ کے داہنی جانب اُترتا درد۔۔۔!

اسے اپینڈکس کہتے ہیں۔ صبح اسے فوری بڑے سرکاری ہسپتال لے جائیں۔

جانے رات انہوں نے درد میں کاٹی یا رات بھر درد نے انہیں کاٹا۔۔۔!

صبح بڑے سرکاری ہسپتال کی لمبی راہداریوں میں ڈاکٹر کو تلاش کرتے ہوئے موت نامعلوم سمت سے اس ریڑھی پر آہستگی سے اُتری۔ ریڑھی کو خالی پا کر موت نے ہسپتال کے صدر دروازے سے اندر جھانکا۔ سیمنٹ کے بینچ پر ایک مفلوک الحال عورت بیٹھی تھی۔ دو شخص بوسیدہ کپڑوں میں سرگرداں ڈاکٹر کی تلاش میں مارے مارے پھر رہے تھے۔ موت کس کی تلاش میں تھی؟

موت نے پورے ہسپتال کا چکر لگایا۔ کمرہ کمرہ گھومی پھر صدر دروازے پر آئی۔ سیمنٹ کے سرد بنچ پر لیٹے بچے کو دیکھا جس کا سر غم زدہ ماں کی گود میں تھا۔ ماں جس کی آنکھوں میں بے بسی کے آنسو انگارے بن چلے تھے۔ انگارے دہکتے رہے۔ موت نے قدم آگے بڑھایا اور چپکے سے غم زدہ ماں کی گود میں سر رکھے اُس کے درد سے بلبلاتے بیٹے کو اُٹھایا اور نامعلوم سمت روانہ ہو گئی۔۔۔

ہسپتال، ریڑھی اور گھر میں سنّاٹوں نے بسیرا کیا۔

وہی قافلے جو چند برس قبل مبارک باد دینے کو آئے تھے اب کی بار دُکھ بانٹنے آئے۔

''ایک جملہ جو ابھی زندہ تھا۔۔۔ بیٹے کے مر جانے کے بعد بھی!''

''اللہ نومولود کی عمر دراز کرے تمہارے بڑھاپے کا سہارا ہو گیا۔''

''بھائی سب سے بڑا سہارا اللہ کا ہے۔''

زندگی اور وقت رواں رہتے ہیں۔ زندگی اپنا سفر مکمل کر کے پیوندِ خاک ہو جاتی ہے لیکن جھریوں کا جنگل جس میں دُکھ بسیرا کرتے ہیں ابھی سفر میں ہے۔ وہ خمیدہ کمر ہو چکا ہے۔ زندگی تو کیا اب اس کے لیے اپنے جسم کا بوجھ سہارنا مشکل ہے۔ کل تک وہ مضبوط بازوؤں میں لوہے کے ایک دائرہ نما کڑے میں، ریوڑیوں، ٹافیوں، مونگ پھلی اور بھنے ہوئے چنوں کے پیکٹ اُٹھائے بسوں، **ویگنوں** کے اڈوں سے ہوتا ہوا ریلوے اسٹیشن پر پہنچتا۔ آخری گاڑی کا انتظار بھی اسے گراں نہیں گزرتا تھا لیکن اب اشراق کے نوافل پڑھنے کے بعد وہ بہت دیر صحن میں دُھوپ سے لطف اندوز ہوتا ہے۔ اُس کے کندھے پر لوہے کا ایک گول کڑا باقی رہ گیا ہے جس میں سامانِ رزق پرو کر وہ قریبی پرائمری اسکول میں دِن گزارتا ہے۔ دوپہر سے پہلے کبھی سہ پہر ڈھلے وہ گول کڑا کندھے پر لٹکائے رکوع کی حالت میں بدن گھسٹتا واپس لوٹتا ہے۔ وہ بہت زیادہ بوڑھا ہو گیا ہے۔ بینائی اس کی جواب دینے لگی ہے۔۔۔

یہ کس روز کی بات ہے؟

آج کی، گزرے کل کی، چند برس قبل کی یا صدیاں گزر چلی ہیں۔ نہیں معلوم۔۔۔!

میں نے کہا ہے نا۔۔۔ یہ 2007ء ہے۔

ترتیبِ وقت میں یہ برس قیامت تک نہیں پلٹے گا۔

میں ایک نامعلوم دِن کی ڈھلتی دُھوپ میں گھر سے نکلا۔ وہ مجھے نظر آیا اُس کے کاندھے پر جھولتے گول لوہے کے کڑے میں مونگ پھلی کے دو اور ریوڑیوں کا ایک پیکٹ تھا۔

میں نے کہا" بابا یہ مجھے دے دو۔۔۔" یہ کہہ کر میں نے اسے دس روپے کا نوٹ پکڑا یا۔

تین پیکٹ مجھے پکڑانے کے بعد وہ اپنی داہنی بغلی جیب سے ریزگاری نکالنے لگا۔

"بابا۔۔۔رہنے دو۔۔۔کوئی بات نہیں۔"

"نہیں بیٹا۔۔۔ بالکل نہیں مَیں خیرات نہیں لیتا اس نے دو دو روپے کے دو سِکّے میری ہتھیلی پر رکھ دیے۔۔۔"

میری ہتھیلیاں آج بھی جل رہی ہیں۔

جیسے پوری دھرتی جل رہی ہو۔

ہتھیلیاں جلنے کے باوجود میری خودداری صدیوں کی نیند سے نہیں نکلی۔

☆☆☆

قدیمی کرسی اور کتاب کی مرمّت

جنوری کی سرد صبح تھی۔ میں ایک بوسیدہ کرسی صحن میں ڈالے بیٹھا تھا۔ سرد ہوا ہڈیوں میں اُترتی تھی۔ یہ وہ دن تھے جن میں سردی کچھ دن اپنا پورا جوبن دکھاتی ہے۔ دھوپ بھی ٹھنڈی تھی لیکن میرا خیال تھا دوپہر تک سردی کی شدت کچھ کم ہوئی تو میں اپنا افسانہ مکمل کرلوں گا۔ افسانہ کئی روز سے مجھے مشکل میں ڈالے ہوئے تھا۔ ایک سرا پکڑتا تو دوسرا ہاتھ سے نکل جاتا۔ زندگی کا گورکھ دھندا بھی عجیب ہے۔ جس شعبے پر بھی گرفت کمزور ہو وہ ہاتھ سے پھسلنے لگتا ہے۔ وہ گھر ہو، بیوی بچے، نوکری یا روزمرہ کے معمولات ہوں۔

بچے صحن میں کھیل رہے تھے۔ دھوپ میں کُرسی ڈال کر جب بھی میں کتاب لے کر بیٹھوں میری بڑی بیٹی مجھ سے چائے کا ضرور پوچھتی ہے۔ وہ صحن میں ٹہلتے ہوئے نوٹس ہاتھ میں تھامے اپنا سبق یاد کررہی تھی۔ یہ عادت اُس کی بچپن سے ہے کہ اُسے جب بھی سبق یاد کرنا ہو وہ ہمیشہ ٹہل کر یاد کیا کرتی ہے۔ بیٹی نے نہ صرف مجھ سے چائے کا پوچھا بلکہ سرد ہوا سے بچنے کے لیے مجھے کرسی دیوار کی اوٹ میں کرنے کے لیے کہا۔

مجھے کرسی دیوار کی اوٹ میں کر لینے دیجیے کہ سرد ہوا صحن سے گزر رہی ہے۔ ہوا، یاد،

عمر، ماضی اور خوشبو کو روکنا ممکن ہی کہاں ہوتا ہے اور یہ جو میں نے کرسی کو بوسیدہ لکھ دیا ہے یوں ہی نہیں لکھ دیا۔ آپ اس پر غور تو کر دیکھیں۔ یا شاید یہ میری عمر کا تقاضا ہے۔ میری ہڈیاں بھی بوسیدہ ہو چلی ہیں۔ اپنی کسی بھی ہڈّی کو ہاتھ لگاتے ہوئے مجھے ڈر لگتا ہے۔ وہ یقینی طور پر بُھر بھری ہو چکی ہوں گی۔ یہ بھی اچھا ہے ہڈیاں ہمیں نظر نہیں آتیں۔ یہ قدیم فولڈنگ کرسی وکٹورین عہد کی یاد دلاتی ہے۔ نانا جان پولیس میں ایس پی تھے۔ جب کوئٹہ سے ریٹائر ہو کر گاؤں لوٹے تھے تو چھ وکٹورین کرسیاں بھی سامان میں ساتھ تھیں۔ شعور سنبھالنے پر میں نے نانی اماں سے چار کرسیاں مانگ لی تھیں۔ ننیہال کی یہ آخری نشانی میں نے اب تک سنبھال رکھی ہے۔ یہ عہدِ رفتہ ہے اسے صرف کرسی خیال نہ کیا جائے۔ کیا محبت صرف جان داروں سے کی جاتی ہے۔ میرا تعلق ان کرسیوں سے بھی صلہ رحمی کا ہے۔ دیوار کی اوٹ میں کرسی ڈال لینے سے قدرے سکون محسوس ہوا۔ اب مجھے فراغت تھی۔ خیال آیا میں نے رات افسانہ لکھنے کا ارادہ کیا تھا اب یہ یاد نہیں ارادہ پایۂ تکمیل کو پہنچا یا نہیں۔۔۔؟ میں سرد دھوپ سے اُٹھ کر کتابوں کے کمرے میں آیا۔ میز پر خطوط، لیٹر پیڈ، ادبی جرائد اور کتابیں بکھری تھیں۔ میں نے ایک نظر ادبی جرائد پر ڈالی۔ میں ان کو حرف حرف پڑھ چکا تھا۔ خطوط کے بارے کچھ کہنا مشکل ہے۔ ان میں سے کتنے خطوط کے جواب میں لکھ چکا تھا اور کتنے میرے منتظر تھے؟ میں نے قلم اُٹھا کر افسانہ لکھنے کا ارادہ کیا اور پھر قلم واپس رکھ دیا۔ میں نے اپنے کمرے کے چہار اطراف رَیکوں میں سجی کتابوں پر ایک نظر ڈالی، مجھے اس وقت کون سی کتاب کا چناؤ کرنا چاہیے۔۔۔؟ میری نظر اچانک دیوان سنگھ مفتوں کی ''ناقابلِ فراموش'' پر جا ٹھہری۔ میں نے کتاب اٹھائی۔

یہ کیا۔۔۔؟ کتاب تو بوسیدہ ہو چکی تھی۔ اس کی جلد اکھڑ چکی تھی۔ کتاب کے اوراق زرد ہو چلے تھے۔ سرِ ورق پر دیوان سنگھ مفتوں کی تصویر دھندلا چکی تھی۔ میں نے نرمی سے کتاب کو

تھاما۔لائبریری سے باہر دھوپ میں آکر اسے غور سے دیکھا۔تحریر ابھی نہیں دھندلائی تھی۔میں کرسی پر بیٹھ کر اس کا مطالعہ کرنے لگا۔یہ کل کی کہانی ہے۔۔۔تیس برس پہلے راولپنڈی کے ایک بک اسٹال سے میں نے یہ کتاب خریدی تھی۔۔۔انہماک سے اس کا مطالعہ کیا تھا۔یہ دیوان سنگھ مفتوں کی خودنوشت ہے اوراس کا شماراُن قابلِ قدر سوانح میں ہوتا ہے جو زندہ رہتی ہیں۔

لیکن یہ بوسیدہ کیوں ہوگئی ہے۔۔۔؟میری ہڈیاں بُھر بھری ہوگئی ہیں اس لیے یہ مجھے کِر م خوردہ نظر آرہی ہے۔شاید اسے بھی دیمک چاٹ گئی ہے۔۔۔وقت کی دیمک کا کیا علاج۔۔۔؟اپنی لائبریری کی ساری کتابوں کو پرکھنا چاہیے یہ تو ہمارا قیمتی ورثہ ہے اسے دیمک سے بچانا ہمارا فرض ہے۔

سرد دھوپ کی چند کرنیں میں نے مٹھی میں پکڑیں اور دوبارہ کتابوں کی دنیا میں داخل ہوا۔کتابوں کی روشنی میں مجھے ان کرنوں کی ضرورت تو نہیں تھی لیکن زادِراہ کے لیے کچھ نہ کچھ تو ساتھ رکھنا تھا۔دیوان سنگھ مفتوں کی ''ناقابلِ فراموش'' کو میں نے میز پر ہی رہنے دیا۔ایک نظر پھر ہزاروں کتابوں پر ڈالی جو صدیوں سے میری رفیق ہیں۔تاریخ نے میرے پاؤں پکڑے۔میرے سامنے ریک میں ابوالقاسم فرشتہ کی ''تاریخِ فرشتہ'' تھی۔میں نے کتاب اٹھائی تو گتے کی جِلد ریک میں ہی رہ گئی۔کتاب میرے ہاتھ میں تھی۔کتاب کی پشت پر گوند سوکھ چکی تھی۔سرِورق اور پسِ ورق کو اٹھا کر میں نے ان پر سے گرد جھاڑی۔تاریخی واقعات چیونٹیوں کی مانند قطار باندھے نظر آئے۔آپ کو فکر مندی کیوں ہو رہی ہے۔میرا قطعی یہ ارادہ نہیں کہ میں ابوالقاسم فرشتہ کی تاریخِ فرشتہ اور دیوان سنگھ مفتوں کی ناقابلِ فراموش سے واقعات کشید کر کے اس تحریر کو تاریخ بناڈالوں۔تاریخ تو ہم خود ہیں۔۔۔ہمارا کردار ہی تاریخ مرتب کرتا ہے۔ہمارے فیصلے تاریخ کے صفحات کو روشن کرتے ہیں یا عاقبت نا اندیش ذہنوں کے فیصلے تاریکی کے غار میں

دھکیل دیتے ہیں۔اسی غار میں گرنے کے ڈر سے میں نے شاید مٹھی میں کرنیں پکڑ رکھی ہیں۔میرا مسئلہ اس وقت تاریخ ہرگز نہیں بلکہ بوسیدگی میرا موضوع ہے۔

میں کتنی دیر کتابوں کے درمیان رہا۔مجھے یاد نہیں۔چوں کہ اس وقت میں نے گھڑی پر وقت نہیں دیکھا تھا اور نہ مجھے تاریخ نوٹ کرنا یاد رہی تھی اس لیے یہ چند ثانیوں کی بجائے صدیوں پر بھی محیط ہوسکتا ہے۔میں نے ''تاریخِ فرشتہ'' کی اُکھڑی ہوئی جلد پر سے گرد صاف کی۔لائبریری سے باہر صحن میں آنے لگا تو آسمان ابر آلود تھا۔موسم کا کیا اعتبار۔۔۔؟ کتنی دیر میں بدل جائے۔بادل گہرے ہو چلے تھے۔تاریکی چھا رہی تھی۔ میں نے قدیمی کرسی کو فولڈ کیا اور لائبریری کی ایک دیوار کے ساتھ کھڑا کر دیا۔بوندا باندی کے آثار تھے۔تخلیقی کرب سے گزرنا اتنا آسان بھی نہیں ہوتا۔اس لمحے تخلیقی وفور کی شدت ضرور تھی لیکن ہڈیوں میں درد اُترتا محسوس ہو رہا تھا۔عجیب طرح کی بے چینی تھی۔سوچوں کی یلغار سے بچنے کے لیے میں نے فیصلہ کیا کہ بوسیدہ کتابوں کی مرمت کا کام کیا جائے۔کسی جلد ساز سے فوری جلد بندی تو ممکن نہیں تھی لیکن ان کے ورق ورق ہونے اور بکھرنے سے پہلے میں نے سوچا ان کا حال اس بوڑھے لکڑہارے کی کہانی کی طرح نہ ہو جائے جس نے اپنے بچوں سے کہا تھا کہ لکڑیوں کے گٹھے کی مانند رہو گے تو کوئی تمہارا کچھ نہیں بگاڑ سکے گا الگ الگ ہوئے تو سب ٹوٹ جاؤ گے۔

بارش تیز ہوگئی تھی۔۔۔

سرد ہوا کے تھپیڑوں کی آواز کمرے کی دیواروں سے ٹکرا رہی تھی۔میں کتابیں مرمت کر رہا تھا۔بجلی کی کڑک بھی شدید تھی لیکن میں پوری دل جمعی سے اپنے کام میں مگن تھا۔کتاب اس وقت میرے ہاتھ سے چھوٹ گئی جب ایک آواز جو زوردار دھماکے کے مماثل تھی مجھے سنائی دی۔موسلا دھار بارش میں باہر نکلنا ممکن نہیں تھا۔میں اُٹھا۔۔۔معمولی سا دروازہ کھول کر باہر جھانکا تو گھر کی

شمالی سمت والی دیوار زمین بوس ہو چکی تھی۔

دیوار کیا بارش سے گری ہے یا اس میں میرا بھی قصور نکلتا ہے۔۔۔؟

یہ قصور سراسر میرا ہے۔اس لیے نہیں کہ میں کتاب مرمت کر رہا تھا اور دیوار کی جانب میرا دھیان نہیں تھا۔اپنی غفلت اور کوتاہی کا اعتراف اس لیے کر رہا ہوں کہ دیواریں ایک روز میں زمین بوس نہیں ہوا کرتیں۔۔۔ گھر مہینوں میں مسمار نہیں ہوتے۔۔۔دھیرے دھیرے انہیں وقت کی دیمک چاٹتی رہتی ہے۔۔۔ ہماری نااہلی، عدم صلاحیت اور عقلی فقدان کا زنگ انہیں لے ڈوبتا ہے۔ یہ دیوار ایک عرصے سے کمزور چلی آ رہی تھی۔۔۔ مجھے خبر بھی کی گئی کی دیوار پر سیلن حملہ آور ہو چکی ہے لیکن میں مصنوعی مصروفیات کے خول میں بند رہا۔اس کی مرمّت کا کام آج کل پر ٹالتا رہا مجھے بیوی نے کہا۔۔۔ بچوں نے توجہ دلائی۔۔۔ ملازمین نے اپنے حصے کی ذمہ داری نبھائی۔ وہ سب اس کے علاوہ اور کر بھی کیا سکتے تھے۔گھر کا سربراہ ہونے کے ناطے یہ میرا فرض تھا۔ مالی اور انتظامی امور میرے ہاتھ میں تھے۔تیز بارش میں دیوار کیا گری مجھے سبطِ علی صبا کا شعر یاد آ گیا۔

دیوار کیا گری میرے خستہ مکان کی
لوگوں نے میرے صحن میں رستے بنا لیے

پھر وہی کمزوری عود کر آئی۔ یہ وقت شعر گنگنانے کا نہیں تھا دیوار پر توجہ دینے کا تھا۔دیوار کیا، گھر بھی بوسیدہ ہو چلا تھا اسے بھی بچانا تھا۔میں نے دروازہ بھیڑ دیا اور سوچنے لگا بارش تھم جائے تو دیوار کی مرمّت کے بارے میں کچھ عملی کام کیا جائے۔میں دوبارہ کتابوں کی مرمّت میں جُت گیا۔۔۔تاریخ کو بھی تو محفوظ کرنا تھا!

بارش نے بہت سے مسائل پیدا کر دیے چھت ٹپکنے لگی۔صحن کا پانی برآمدے میں جمع

ہونے لگا۔اسی دوران بجلی چلی گئی۔اندھیرا چھا گیا میں نے مٹھی میں دبی کرنیں میز پر رکھ دیں۔ کتابیں مرمّت کر کے واپس اپنی جگہ پر رکھیں۔دیوار نے مسائل پیدا کر دیے تھے۔مسائل منہ پھاڑے کھڑے تھے اور وسائل کم تھے۔

جیب خالی تھی۔کیا دیوار کی مرمت کے لیے ادھار رقم لے لی جائے لیکن نہیں آمدن اتنی نہیں جس سے رقم پس انداز کر کے ادھار بعد میں چکایا جا سکے۔میری ہڈیاں کمزور ہو گئی ہیں اب میں اتنی زیادہ محنت نہیں کر سکتا۔ادھار رقم سے دیوار تو مرمّت ہو جائے گی لیکن اگر میں قرض نہ لوٹا سکا تو میری اولاد مقروض جائے گی۔نسلوں کو مقروض چھوڑ کر مرنا کہاں کی دانش مندی ہے۔

مجھے کیا کرنا چاہیے۔۔۔؟

میرے خیال میں افسانے کو ادھورا چھوڑ دینا چاہیے لیکن نہیں ادھوری تحریریں ذہن میں عذاب بن جاتی ہیں۔ادھوری اور نامکمل تخلیق کے کرب کو ایک سچا تخلیق کار ہی سمجھ سکتا ہے۔مجھے افسانہ ایک ہی نشست میں مکمل کرنا ہو گا۔میں ادھار رقم بھی نہیں لوں گا،جس طرح میں نے ''تاریخِ فرشتہ'' اور ''ناقابلِ فراموش'' خود مرمّت کی ہے۔میں دیوار بھی مرمّت کر لوں گا، مجھے قرض نہیں لینا ہے۔یہ میرا آخری اور حتمی فیصلہ ہے۔

میں لائبریری میں کھڑا تھا۔

صدیاں میرے اندر دھڑک رہی تھیں۔بارش تھم چکی تھی۔میں نے قدیمی فولڈنگ کرسی کو کھولا۔وہیں لائبریری میں کرسی پر جسم کو ڈھیلا چھوڑ کر آنکھیں موند لیں،جو کتابیں مَیں نے مرمت کی تھیں وہ میری گود میں دھری تھیں۔آہٹ پر میں نے آنکھیں کھولیں تو میری بیٹی ہاتھ میں چائے کی پیالی لیے کھڑی تھی۔

''ابو۔۔۔کن خیالوں میں کھوئے ہوئے ہیں۔''

میں نے چونک کر بیٹی کو دیکھا۔۔۔

''بیٹا۔۔۔کچھ نہیں۔''

اُس نے میری گود میں سے کتاب اُٹھا کر اُسے غور سے دیکھا۔۔۔

''ابو کتاب کتنی بوسیدہ ہوگئی ہے۔''

''ہاں بیٹا۔۔لیکن میں نے مرمّت کر دی ہے اسے سنبھال کر رکھنا اب آپ کا کام ہے۔۔۔!''

بیٹی کے ہاتھ سے چائے کی پیالی تھامتے ہوئے میں اللہ کا شکر ادا کر رہا تھا کہ اُس کی نظر کرسی پر نہیں پڑی جسے دیمک مکمل طور پر چاٹ چکی تھی۔

☆☆☆

اُلٹے پاؤں

ہمارے پاؤں اُلٹے تھے فقط چلنے سے کیا ہوتا
بہت آگے گئے لیکن بہت پیچھے نکل آئے

عجیب کسلمندی سی رچی تھی اُس کی طبیعت میں۔۔۔جانے سفر پر نکلنا اُس کے مزاج پر اتنا گراں کیوں گزرتا تھا۔ایک گھریلو مصروفیت کی وجہ سے اسے میانوالی سے ملتان تک ہی تو جانا تھا۔تمام بڑے شہراس کے گاؤں سے قریباً تین ساڑھے تین سوکلومیٹر کی مسافت پر تھے۔لاہور اور ملتان تین سو پچاس کلومیٹراور راولپنڈی اسلام آباد دوسواسی کلومیٹر کی دُوری پر تھے۔وہ گھر سے ایک دوست کے ساتھ موٹر سائیکل پر نکلا اور دوست سے کہا کہ میانوالی سے ملتان جانے والی شاہراہ پر وہ اسے ''گولے والا'' اسٹاپ پر چھوڑ آئے تا کہ وہ وہاں سے بس پکڑ سکے۔موٹر سائیکل پر بیٹھتے ہی اسے خیال آیا میں تو ہمیشہ سے سفر میں ہوں۔زندگی ایک سفر ہےجس روز پیدا ہوا تھا اسی دن سے یہ سفر جاری ہے وقت کی آری عمر کو کاٹتی چلی جارہی ہے۔ایک روز یہ درخت دھڑام سے زمین پر آرہے گا اور دیمک کی خوراک بن جائے گا۔یہ روز کا سفر بھی بھلا کبھی اس کائنات میں تھما ہے۔آنکھ کھلنے پر مشقت کا سفر کھینچنا اور رات گئے چارپائی پر چند گھنٹوں کا آرام، وہ بھی نصیب میں ہوتو وگرنہ موجودہ نسلِ انسانی جو زمین پر سانس کھینچ رہی ہے وہ نیند کی ادویہ کے سہارے

مصنوعی نیند لیتی ہے۔۔۔

یہ "گولے والا" ہے بڑی شاہراہ پر ایک چھوٹا سا قصباتی اسٹاپ، تین چار چھپر ہوٹل، مشرقی سمت ایک چھپر کے نیچے کسی نے لقمہ کمانے کے لیے بلیرڈ ٹیبل لگا رکھی ہے جس پر پاس کے دیہات سے یا وہ ٹیکسی ڈرائیور جو گولے والا اسٹاپ پر سارا دن سواری کا انتظار کھینچتے ہیں، بلیرڈ کھیلتے نظر آتے ہیں۔ ساتھ میں ایک کار ڈیلر کی دکان ہے جس میں وہ سارا دن نوگیٹی یا لڈو کھیلتے ہیں۔ اکا دکا دکانیں مٹیاری کی بھی ہیں۔ موٹر سائیکل پر اسے جو دوست چھوڑنے آیا تھا وہ اسی لمحے اسے اتار کر واپس مڑ گیا تھا۔ اس نے شاہراہ پر شمال سے جنوب جانے والی گاڑیوں پر نظر رکھنے کے لیے ایک ایسے چھپر ہوٹل کا انتخاب کیا جہاں ٹوٹی چار پائی پر بیٹھا وہ چائے سے لطف اندوز ہونے کے ساتھ ساتھ شمالی سمت سے آنے والی ٹریفک پر نظر بھی رکھ سکتا تھا۔ اس نے چائے کی ایک پیالی کا کہا اور چار پائی کے کونے پر ٹک گیا۔

"گولے والا اسٹاپ" پر تیز میٹھے اور تیز پتی والی چائے کے دوران اسے وہ پاگل بھی یاد آیا جو ایک پتھر ہاتھ میں تولے سارا دن گھومتا رہتا تھا۔ منہ سے ٹپکتی رالیں، میلے چیکٹ کپڑے، چند مخصوص جملے۔۔۔ جو اس کا معمول تھے۔

"سارے شیشے توڑ دوں گا۔۔۔"

"ٹریفک جام کر کے رکھ دوں گا۔۔۔"

"پاکستان کی پولیس کو بحرالکاہل میں ڈبو دوں گا۔"

"یہ دوائی کس "کریانہ سٹور" سے ملتی ہے۔۔۔؟"

یہ پتھر دیکھ رہے ہو۔۔۔ یہ بم ہے۔۔۔ بم۔۔۔ کوئی میرے قریب تو آ کے دیکھے۔۔۔ مار دوں گا۔۔۔

''گولے والا'' میری ریاست ہے کوئی اور مائی کا لعل آ کے تو دیکھے۔۔۔ بم مار دوں گا۔۔۔ یہاں پر صرف میرا سکہ چلے گا کیوں کہ میرے پاس پتھر ہے!

ایم اے پاس وہ پاگل جو ایک شب اپنی جاں بہ لب بیٹی کے لیے گھر سے دوائی لینے کو نکلا تھا، اسی لمحے کہیں قریبی گھر سے پولیس نے چھاپہ مار کر چند جواریوں کو پکڑا اور گلی میں جاتے اسے دیکھ کر اس کی ہر دلیل کو نظر انداز کر کے اسے بھی گاڑی میں پھینک ''دارالامن'' لے گئے۔ اس کی خوب خاطر تواضع کی گئی۔ تیسرے روز جب اسے رہا کیا گیا تو اس وقت تک اس کی بیٹی زندگی کی قید سے رہائی پا چکی تھی۔۔۔ وہ بھی اسی لمحے حواس کے بوجھ سے رہائی پا کے گلیوں اور بازاروں میں کاغذ چننے لگا۔ کاغذ کے ہر ٹکڑے پر اس کی بیٹی کا نسخہ لکھا تھا۔۔۔ وہی بم جو وہ ہاتھ میں تولتا پھرتا تھا اس کی کیا جان لیتا۔ ایک صبح اس نے ملتان سے آنے والی کوچ جو گولے والا سے گزر رہی تھی اس پر پتھر تولا، شاید ڈرائیور نیا تھا جسے اس پاگل سے شناسائی نہ تھی، اس نے پاگل کے بچانے کو اسٹیرنگ داہنی جانب کاٹا اور سامنے سے آنے والی ٹریکٹر ٹرالی سے ٹکرایا۔۔۔ دھماکے کی آواز دُور دُور تک سنی گئی، بائیس جانیں چلی گئیں، بائیس گھر اجڑ گئے لیکن وہ تو پاگل تھا، اسے کیا معلوم کیا حادثہ گزرا ہے۔۔۔ اسے پولیس پکڑ لے گئی۔۔۔

میرے خیال میں یہ جو سامنے سے بس آ رہی ہے، جس کا ماتھا سجا ہوا ہے اور چمک رہا ہے یہ وہی بس ہے جس کا مجھے انتظار ہے، ڈرائیور کا ہاتھ مسلسل ہارن پر ہے اور ہارن اس بات کی علامت ہے کہ بس میں سیٹیں خالی ہیں۔۔۔ دیکھیے نا۔۔۔ میں نے چھپر ہوٹل کے نیچے بیٹھ کر آپ سے باتیں کی ہیں۔۔ آیئے آپ بھی میرے ساتھ چلیے آپ بور نہیں ہوں گے۔۔۔ بریک لگنے کی چرچراہٹ، فرنٹ ڈور کا ڈنڈا تھامے آدھا باہر لٹکتا کنڈکٹر، اس کی آواز کی لپک، سرائے مہاجر، چوک اعظم، چوک مُنڈا، مظفر گڑھ، ملتان اے۔۔۔!

''استاد جی۔۔ایک سواری ہے۔''

''یار میں نے ملتان جانا ہے۔''

''آؤ جی آؤ۔۔۔ڈرائیور کی پیچھے والی سیٹ پر بیٹھو۔۔۔''اس نے ایک سواری جسے قریباً بیس کلومیٹر بعد چاندنی چوک اترنا تھا، وہاں سے اٹھ کے پیچھے جا بیٹھنے کو کہا، سواری نے برا سامنہ بنایا اور ناگواری سے اٹھ کر پچھلی سیٹ پر جا بیٹھا۔۔۔وہ ڈرائیور سے پچھلی سیٹ پر جم کے بیٹھا اور خیالوں میں کھونے سے پہلے گردوپیش پر نظر ڈالی۔ڈرائیور کے بال تیل سے چپڑے ہوئے اور مانگ درمیان سے نکلی ہوئی، خشخشی ڈاڑھی کو اس نے خوب جما کر بٹھایا ہوا تھا، بائیں ہاتھ کی انگلیوں میں اس نے موٹے نگ والی تین انگوٹھیاں پہن رکھی تھیں، آنکھوں میں سرمے کی دھاریں۔۔۔کنڈکٹر نکلتے ہوئے قد کا ایک کرخت خال وخد کا نوجوان تھا، شیو بڑھی ہوئی، دائیں کان میں پیلے رنگ کی بال پوائنٹ اس نے اڑس رکھی تھی، کپڑوں کا رنگ میل خورا، جوتی پھٹی ہوئی۔۔۔ساتھ میں ایک ہیلپر بھی تھا۔۔ایک پندرہ سولہ سال کا بچہ، چہرے پر تکان اور نیند سے بوجھل آنکھیں، اس کے کپڑوں اور گردن پر جمی میل کا رنگ ایک سا تھا۔لگتا تھا اسے بستر سے کھینچ کر بس میں ڈال لیا گیا۔

چاندی چوک کے اسٹاپ پر کچھ سواریاں اُتریں کچھ نئے مسافر ہم سفر ہوئے۔۔۔بس چلتی رہی۔۔۔یہ ایک ریگستانی پٹی ہے، سرائے مہاجر کے بعد ایک جگہ اچانک بس رکی، ڈرائیور چھلانگ لگا کے اترا اور سڑک پار کر کے جھاڑیوں کی اوٹ میں چلا گیا

''استاد کہاں گیا۔۔۔؟''

''پیشاب کرنے گیا ہے۔۔۔''

ایک ایک کر کے سواریاں بس سے اُتریں اور جھاڑیوں کی اوٹ میں چلی گئیں۔۔۔

اس موئے ڈرائیور کو میں نے کہا تھا کہ ''بچے نے پیشاب کرنا ہے اس وقت گاڑی نہیں روکی۔۔۔''

ہیلپر۔۔۔ جسے کنڈکٹر ''چھوٹا'' کہہ کر پکارتا تھا۔۔

''اوئے چھوٹے'' ٹائر ٹھوک بجا کے دیکھ لے۔۔۔

سواریاں واپس بیٹھ چکی تھیں، چھوٹے نے سارے ٹائروں کو ٹھوک بجا کے دیکھا اور آواز لگائی۔۔۔ ''استاد ڈبل اے۔۔۔''

یہ ''چوک اعظم'' کا ایک ٹرک اڈہ ہوٹل ہے۔۔۔ سفر کے دوران سارے ہوٹل ایک سے ہوتے ہیں۔۔ ایسے ہوٹلوں پر مناسب داموں میں کھانا کھایا جا سکتا ہے، چائے پی جا سکتی ہے، کشادہ برآمدوں میں بچھی بڑی بڑی چارپائیوں پر کمر سیدھی کی جا سکتی ہے۔ پاکستان میں سفر کے دوران کچھ شاہراہوں پر سواریوں کی جیب خالی کرنے کے لیے لگژری ہوٹلوں کا قیام عمل میں آیا لیکن وہاں اِکا دُکا کاریں ہی کھڑی دیکھنے کو ملتی ہیں۔۔۔ عوامی ہوٹلوں کا آباد ہونا ہماری سادگی اور سفید پوشی کا مظہر ہے۔ ہم ایک ترقی پذیر ملک کے شہری ہیں۔۔۔

آپ کے چہرے کے آثار بتا رہے ہیں کہ آپ اکتاہٹ کا شکار ہونے لگے ہیں۔۔۔

دیکھیے آدھا سفر مکمل ہوا۔۔۔ آدھا باقی ہے۔۔۔ تھکاوٹ تو سفر میں ہو جاتی ہے۔۔۔ منزل پر پہنچ کر سانس لے لیں گے۔

اب ایک نیا موڑ ہے۔۔۔ ذرا جھانک کر تو دیکھیے۔۔۔! پیٹ پوجا کے بعد سواریاں اپنی اپنی سیٹ پر اطمینان سے بیٹھی ڈرائیور کا انتظار کر رہی ہیں ایک دو مسافر ابھی بس کے ساتھ ٹیک لگائے سگریٹ پی رہے ہیں۔ ایک سواری جیب سے پرس نکالے ہوٹل والے کو اپنا بل ادا کر رہی ہے۔ سامنے چند سواریاں نمازِ ظہر ادا کر کے نکل رہی ہیں۔

ڈرائیور نے سیٹ سنبھالی۔۔۔

ایکسیلیٹر پر پاؤں کا دباؤ ڈالا۔۔۔بار بار ہارن بجایا تا کہ کوئی سواری باہر رہ نہ جائے۔۔۔

تحیّر نے اس لمحے اسے لپیٹ میں لیا جب اس کی نظر ڈرائیونگ سیٹ پر بیٹھے ڈرائیور کے چہرے پر پڑی۔اسے اپنی بینائی پر شک ہوا اُس نے ایک بار باہر کے منظر پر نظر ڈالی،ایک چرواہا اپنی بھیڑیں ہانکنے لیے جا رہا تھا،ایک گدھا گاڑی پر کسی مریض کو لٹا کر شاید ڈسپنسری لے جایا جا رہا تھا،چند بچے گلی ڈنڈا کھیل رہے تھے۔۔۔اس نے اپنے من میں جھانکا،اندر باہر کے منظر یکساں تھے۔یہ ڈرائیور وہ نہیں جو میانوالی سے اس سیٹ پر بیٹھا تھا اور گولے والا سے وہ اس کے سنگ سفر میں تھا۔۔۔اب ڈرائیونگ سیٹ پر ایک سندھی ٹوپی والا درمیانے قد کا شخص تھا۔وہ پہلے والا ڈرائیور کہاں گیا۔۔۔؟ یہ کہاں سے آیا۔۔۔اسے کس نے اجازت دی ہے کہ یہ ہماری بس چلائے۔۔۔کیا یہ اپنے فن میں ماہر ہے۔۔۔؟ سواریوں میں چہ مگویاں جاری تھیں،مکھیوں کی سی بھنبھناہٹ۔۔۔

بس چلی تو اس کے انجن سے عجیب و غریب گڑگڑاہٹ کی آوازیں نمودار ہونے لگیں۔۔۔شاید کوئی فنی خرابی ہے۔۔۔؟

ڈرائیور کیوں بدلا۔۔۔؟

بس کی پچھلی سیٹ پر ایک مخبوط الحواس سواری جس کی شکل اس پاگل سے مشابہت رکھتی ہے جو گولے والا میں پتھر تولے گھوما کرتا تھا۔اس نے کہا۔

''بس میں کوئی فنی خرابی ہے۔۔۔بس روکو۔۔۔بس روکو۔''

لیکن اس کی بات پر کسی نے کیا توجہ دینا تھی۔۔۔مظفر گڑھ سے پہلے بگا شیر کے قریب بس

رک گئی۔۔۔''چھوٹے'' نے لکڑی کے ٹول بکس سے اوزار نکالے، ڈرائیور اور کنڈیکٹر بس کے نیچے لیٹ کر اوزاروں کی مدد سے جس حد تک ممکن تھا، اس کی مرمت کرنے کے بعد دوبارہ ہاتھ پونچھ کر اپنی اپنی سیٹ پر بیٹھ گئے۔۔۔بس چلی تو وہ سہم کر اپنے آپ میں سمٹنے لگا۔۔۔اب کے ڈرائیونگ سیٹ پر جو ڈرائیور تھا، اس کے سر کے اطراف میں چند بال تھے، اسے گنجا کہا جا سکتا ہے۔۔۔اس کے چہرے پر اطمینان اور مسکراہٹ تھی۔۔۔اس نے سواریوں سے مخاطب ہو کر کہا۔۔۔

''فکرمندی کی کوئی بات نہیں۔۔۔گاڑی میں فالٹ معمولی ہے، مظفر گڑھ قریب ہے، ہم وہاں سے کسی میکینک کو دکھا لیں گے۔''

''ڈرائیور پھر کیوں بدل دیا گیا۔۔۔؟''

''یار تمہیں کیا۔۔۔بس چل رہی ہے۔اللہ پر بھروسہ رکھو۔''

''بھروسہ تو مکمل اللہ پر ہے یار لیکن کوئی اناڑی سیٹ پر بیٹھ گیا تو ہم سب بس سمیت جان سے ہاتھ دھو بیٹھیں گے۔''

''بگا شیر'' سے ''مظفر گڑھ'' کی مسافت چند کلومیٹر تھی۔۔۔وہاں ایک ورکشاپ کے سامنے بس جا رکی۔مکینک اوزار لے کر بس کے نیچے گھس گیا۔ڈرائیور سامنے ایک ہوٹل پر چائے کی چسکیاں لینے لگا۔سواریوں میں سے کسی نے ایک کھوکے سے پان سپاریاں اور کسی نے ریڑھی سے فروٹ خرید کر وقت گزارنا شروع کیا۔چھوٹے نے ڈول میں پانی بھر کے ریڈی ایٹر میں ڈالا۔بس جب مظفر گڑھ سے نکلی تو حبس بڑھ گیا۔

''استاد! اے۔سی چلاؤ۔۔۔دُھُٹ رہا ہے۔''

''ایئر کنڈیشن کام چھوڑ گیا ہے۔''

چناب پُل کراس کرنے تک بس میں حبس اتنا بڑھ گیا کہ سواریاں چلّا اٹھیں۔۔۔

''استاد۔۔۔کچھ کرو نہیں تو ہم مر جائیں گے۔۔۔''

اغلب گمان یہی ہے کہ جب مظفر گڑھ سے بس نکلی تو جو ڈرائیور سامنے کھوکے پر چائے پی رہا تھا وہ وہیں رہ گیا۔۔۔کیوں کہ اِس وقت ایک باوردی ڈرائیور نے سیٹ سنبھال رکھی ہے۔۔۔یہ بھی معلوم نہیں۔۔۔پہلے ڈرائیوروں کی مانند اس نے کب کیسے یہ سیٹ سنبھالی۔۔۔؟

اس نے ساتھ بیٹھی سواری کو ٹہوکا دیا اور پوچھا۔

''بھائی۔۔۔یہ باوردی ڈرائیور کب اس سیٹ پر بیٹھا۔''

''پتا نہیں یار۔۔۔کیا یہ کوئی ہم سے پوچھ کر بیٹھتے ہیں۔'' اس نے سگریٹ کا دھواں چھوڑتے ہوئے بے زاری سے کہا۔

حبس کی وجہ سے سواریاں پسینے میں شرابور ہونے لگی تھیں۔۔۔کچھ نے گریبان کے بٹن کھول دیے۔۔۔ایک بار پھر بھنبھناہٹ سی اور مبہم گفتگو، جس کا کوئی مفہوم سمجھ میں آنے کا سوال ہی نہیں تھا۔۔۔شاید یہ حبس کا اثر تھا۔۔۔!

''بھائی کون سا شہر ہے۔۔۔؟''

''سکھر۔۔۔سکھر ہے۔''

''یا خدا۔۔۔میانوالی ملتان روڈ پر سکھر کہاں سے ٹپک پڑا۔۔۔؟''

''ابھی کوئٹہ کتنا دور ہے۔۔۔'' ایک بوڑھے شخص نے پوچھا۔

''یار۔۔۔مجھے تو پشاور اُترنا تھا۔''

''کیا۔۔۔لاہور آنے والا ہے بھائی۔۔۔؟''

''جانے کراچی پہنچنے تک ابھی یہ بس کتنی دیر لے گی۔۔۔؟''

''اتا بھیا۔۔۔کیا دِلّی آ گئی۔۔۔؟''

''دِلّی۔۔۔؟ کیا دماغ ٹھکانے ہے تیرا۔۔۔؟''

''یار میری ضعیف پھوپھی وہاں میرا انتظار کر رہی ہے۔۔۔''

''کیا واہگہ باڈر ہم کراس کر آئے۔۔۔ مجھے ''کرنال'' کی خوشبو آ رہی ہے۔۔۔'' ایک انتہائی ضعیف اور خمیدہ کمر شخص نے پوچھا۔

''بابا جی۔۔۔جن شہروں کا آپ نام لے رہے ہیں وہ ہندستان میں ہیں۔''

''ہمیں کس بس میں سوار کرا دیا گیا ہے۔۔۔؟''

وہ ایک شخص جو ''گولے والا'' سے سوار ہوا تھا اور جسے کنڈیکٹر نے ڈرائیور کی پچھلی نشست پر بیٹھنے کو جگہ دی تھی۔۔۔اس کا خیال تھا وہ مکمل ہوش میں ہے اور باقی سواریاں حبس کی وجہ سے اول فول بک رہی ہیں۔۔۔اس نے بہت غور سے باہر کے منظروں کو جانچا۔۔۔

بس فتح پور سیکری سے گزر رہی تھی۔۔۔''مغلِ اعظم''۔۔۔ہاتھیوں کے پاؤں کی دھمک۔۔۔باادب، ہوشیار باش، نگاہ روبرو۔۔۔!

اسے یقین ہو گیا کہ اس کے حواس ابھی سلامت ہیں۔۔۔وہ ''گولے والا'' سے سوار ہوا تھا، چوک اعظم، اسلام آباد، پنڈی بھٹیاں، روات اور اب بس فتح پور سیکری سے گزر رہی ہے۔

ممبئی، کولکتہ، کانپور، دِلّی، تلہ گنگ، فتح جنگ، کراچی، لاہور، جہلم سے ہوتے ہوئے یہ بس اسلام آباد پہنچے گی۔۔۔رواں دواں بس ایک جھٹکے سے رکی۔''چھوٹے'' نے سواری اُتاری اور بس کا دروازہ بند کرنا بھول گیا۔یہ کوئی ایسی بڑی غلطی نہ تھی لیکن کنڈکٹر نے پوری توانائی سے ایک زناٹے دار تھپڑ ''چھوٹے'' کو جڑ دیا۔تھپڑ اتنا زوردار تھا کہ سب سواریوں نے اپنے اپنے گال پہ ہاتھ رکھ لیا۔اس نے بھی اپنا چہرہ ٹٹولا وہاں نشان اور جلن تھی لیکن۔۔۔تھپڑ کی تو خیر تھی۔۔۔سب

سواریوں نے دیکھا ''چھوٹے'' کا چہرہ ہر طرح کے تاثر سے عاری ہے۔ چہرے پر درد، کرب اور دکھ کا کوئی پرتو نہیں تھا۔۔۔ ایک مکمل سپاٹ چہرہ۔۔۔ وہاں کوئی آنسو اُترا، نہ احتجاج،۔۔۔ صدیوں سے طمانچوں کا عادی چہرہ جیسے روبوٹ۔۔۔

حبس اور طمانچے سے بس میں موجود سواریاں دم گھُٹنے سے مرگئی تھیں۔۔۔ یا۔۔۔ شاید ان میں زندگی کی کوئی رمق باقی ہو۔۔۔؟

آخری بار ایک سواری کو اخبار کا صفحہ پلٹتے دیکھا گیا تھا۔۔۔

باوردی ڈرائیور آرام سے گاڑی چلا رہا ہے۔۔۔!

آپ کو یاد ہے نا۔۔۔ وہ ایک مسافر جو ''گولے والا'' بس اسٹاپ سے سوار ہوا تھا۔۔۔ وہ غنودگی کی کیفیت میں ہے۔۔۔!

''کیا آپ کو بھی اونگھ نے آلیا ہے۔۔۔؟''

''کوئی تو بولے۔۔۔ سناٹے میں دم گُھٹ چلا ہے۔

کیا بس میں کوئی ذی روح ہے۔۔۔؟''

☆☆☆

لرزیدہ لمحوں کا تاوان

جس روز اس نے اپنی ریٹائرمنٹ کی الوداعی پارٹی میں شرکت کی۔ اس کے گلے میں ہار تھے اور ہال میں تالیوں کی اُداس گونج! اُس کے ساتھیوں نے ڈھول اور شہنائی کا انتظام کر کے اُسے عزت دی اور سب اُس کے گھر تک قافلے کی صورت پہنچے، رات میں وہ میٹھی نیند سویا۔ اگلی صبح سورج کی پہلی کرن کے ساتھ تنہائی اُتری اور آکاس بیل کی طرح اس کے وجود کے ساتھ لپٹ گئی۔ وہ دِن بہ دِن مرجھانے لگا۔ عمر کے اس پیمانے نے اُس سے مصروفیت چھین کر اُسے تنہا کر دیا۔ اُسے وقت گزارنے کو کوئی مشغلہ ہاتھ نہ آ رہا تھا۔۔۔ گیٹ کے باہر، کرسی ڈال کر وہ دِن بھر لوگوں کو تکتا، ماضی میں ڈوب جاتا، اُکتا کر کبھی اندر جا بیٹھتا ایک دِن وہ دوپہر میں بہو کے کہنے پر کھانا کھا کر تھوڑی دیر آرام کرنے کو بستر پر لیٹا تو ٹیلی فون کی گھنٹی نے کمرے کی خاموشی میں ارتعاش پیدا کیا۔ وہ یکسوئی سے اپنے مشاغل میں منہمک تھا۔ گھنٹی کی آواز اس پر گراں گزر رہی تھی لیکن فون کرنے والے نے شاید بات کرنے کی قسم کھالی تھی۔ وہ بادلِ ناخواستہ اُٹھا پلنگ سے میز تک کا فاصلہ پاٹنا اُسے عذاب لگ رہا تھا۔ اس کے دونوں گھٹنوں میں کئی روز سے پرانا درد عود

کرآیا تھا۔ جب تلک اس نے فاصلہ سمیٹا فون خاموش ہوگیا۔ میز کے کونے پر ہتھیلی ٹکا کر اس نے اپنے بھاری بھرکم وجود کو سہارا دیا فربہی سے اس کا سانس پھولنے لگا تھا اسے یقین تھا گھنٹی دوبارہ بجے گی۔ سانس درست کرتے ہوئے وہ سوچنے لگا۔ یہ وہی خاتون نہ ہو جس کا چند روز پہلے فون آیا تھا۔ آواز غیر مانوس تھی لہجے کے بارے میں وہ فیصلہ نہیں کر پایا تھا لیکن عجیب چلبلا پن تھا آواز میں!

''میں پوچھ سکتا ہوں محترمہ آپ کون ہیں؟''

''مجھے اتنی جلد فراموش کر دیا؟''

''خاتون مجھے یہ تو بتایئے آپ ہیں کون؟ آپ نے شاید غلط نمبر ڈائل کیا ہے۔''

''یہ نمبر وہی ہے جو میں نے ڈائل کرنا تھا اور کیا ہے۔''

''کام بتایئے!''

''کیا میں آج بھی تمہارے من میں بسی ہوں۔''

''خاتون! من میں تو ایک دنیا آباد ہے آپ اپنا تعارف تو کرا دیجیے۔''

''لیکن میں دنیا نہیں ہوں۔''

''مجھے بالکل یاد نہیں آ رہا ہم عمر کے کس حصے میں متعارف ہوئے تھے۔''

''مجھے یاد ہے میں نے بچپن کے گڈیوں پٹولوں کے ساتھ یادیں بھی سنبھال رکھی ہیں۔''

''خاتون میری عمر پینسٹھ برس سے متجاوز ہے میں ایک ریٹائرڈ زندگی جی رہا ہوں!''

''زندگی سے تو ابھی آپ ریٹائر نہیں ہوئے پھر ریٹائرڈ زندگی چہ معنی دارد۔''

''محترمہ! اس عمر میں میرا چین مجھ سے نہ چھینئے۔''

''میں تو چین تمہیں لوٹانے آئی ہوں۔''

"تعارف تو کرا دو۔"

"میں صرف تمہاری ہوں۔"

"میں تمہاری بات سے اتفاق نہیں کر پاؤں گا۔"

"تم نے بچپن میں مجھ سے کب اتفاق کیا تھا۔۔۔مزاج تو نہیں بدلتے نا۔۔۔!"

ٹرن ٹرن ن ن ٹرن ن ن۔۔۔

بدن کو میز کے کونے اور ہتھیلی نے سہارے رکھا۔۔۔

"ہیلو۔۔۔"

"فون اُٹھانے میں اتنی دیر کیوں کر دیتے ہو۔"

"جوڑوں کا مریض ہوں۔"

"میں مریضِ محبت ہوں۔ غم اور محبت کے مفاہیم تم پر کبھی نہ کھلے۔ میں نے راکھ ہو کر زندگی گزاری ہے۔ تم نے کبھی پلٹ کر خبر ہی نہ لی مجھ سے پوچھو۔۔۔ نا میں نے عمر کیسے کاٹی؟، عورت کے بارے جانے کب کہاں اور کس نے یہ جملہ کہا کہ وہ زندگی میں ایک بار پیار کرتی ہے۔ تمہارے بعد میں نے چار پانچ عشق کیے۔ صرف تمہیں بھلانے کے لیے اس سے پہلے کہ تم مجھے ٹوک کر سوال کرو کہ عشق کوئی کاروبار تھا جو میں نے چار پانچ بار کیا۔ یہ تجربہ میں نے صرف اس لیے ضروری سمجھا کہ شادی کے بعد میں نے اپنا بدن خاوند کو سونپ دیا۔ شکر ہے اس کی سوچ ہی نرم و گداز گوشتِ بدن حاصل کرنے تک تھی وہ میرے من میں سوئی ہوئی عورت کو نہ جگا سکا اور بدن سے لذت کشید کر کے خوش ہوتا رہا۔ میں مشین کی طرح بچے جنتی چلی گئی۔ سات بچوں میں سے چار اللہ نے سنبھال لیے تین کو میں نے پال نکالا۔ میرا خیال تھا شادی کے بعد میں تمہیں یکسر فراموش کرنے میں کامیاب ہو جاؤں گی۔ بچوں میں کھو جاؤں گی۔ جب مجھے تیری یاد نے بےکل کیا تو میں نے

ایک ایسے شخص کی طرف قدم بڑھائے جس کے خدوخال تم سے ملتے تھے لیکن تیری یاد کی خوشبو پھر بھی مجھے کھینچتی رہی۔ کچی عمر کی محبت اتنی پکی ہوگی میں نے سوچا ہی نہیں تھا۔ تیرے بعد چار پانچ عشق تجھے فراموش کرنے کی سعی لاحاصل ٹھہرے!''

''خاتون۔۔۔آپ نفسیاتی مریضہ تو نہیں!''

''بالکل نہیں۔''

''دیکھیے خاتون! میری زندگی میں خلل مت ڈالیے،اگر آپ کی کہانی سچی ہے تو یقینی طور پر آپ کی زندگی میں کوئی ایسا شخص آیا ہوگا لیکن وہ میں ہرگز نہیں۔ آپ مجھ غریب کو معاف رکھیے۔''

''ہائے۔۔۔تم نے مجھے واقعی فراموش کر ڈالا۔ تم مرد ہو۔ تم کیا جانو آگ جو ایک عورت کے من میں سلگتی ہے۔ اس تپش میں جھلستی وہ راکھ ہو جاتی ہے۔ عورت صرف دُکھ جھیلنے کے لیے پیدا ہوتی ہے۔ تمہیں میں کیسے یقین دلاؤں شادی ایک الگ بندھن ہے، رُوح ایک الگ سوز ہے۔ قصور تو سارا میرا ہے وہ خط مجھے تمہیں ہاتھ میں تھما نا چاہیے تھا۔''

''کون سا خط۔۔۔خاتونِ محترم۔''

''وہی خط جس میں دِل رُوح اور جذبات لپیٹ کر میں نے تمہاری کتاب میں رکھ دیا تھا۔''

''یا خدا۔۔۔خاتون آپ مجھے پاگل کر دیں گی۔ اگر آپ کو کسی ایسے شخص کی تلاش ہے جسے آپ فون پر اپنے دُکھ سنانے کی خواہش مند ہیں تو کوئی اور دروازہ دیکھیے میں گور کنارے بیٹھا ہوں آج مرے کل دوسرا دن میرے حال پر رحم کریں۔''

''ظالم۔۔۔یہ تو پوچھ لیا ہوتا میں نے خط کون سی کتاب میں رکھا تھا؟''

''اچھا۔۔۔خاتونِ مکرم۔۔۔بتایئے کون سی کتاب میں محبت نامہ آپ نے رکھا تھا؟''

''تم ایف ایس سی میں تھے۔ فزکس کی کتاب میں رکھا تھا میں نے۔''

''یاد آیا۔۔۔؟''

''خاک یاد آئے گا محترمہ۔۔۔میں آرٹس کا طالبِ علم تھا۔''

''ہائے اللہ۔۔۔میں مرگئی۔۔۔وہ میں نے کہیں تمہارے بھائی کی کتاب میں تو نہیں رکھ دیا تھا۔''

''خاتونِ محترم۔۔۔''

''تم جان کہہ کر نہیں پکار سکتے۔''

''خاتون۔۔۔خوفِ خدا۔۔۔یہ عمر ہے میری کسی کو جان کہہ کر پکارنے کی۔''

''ہائے۔۔۔ہائے۔۔۔اس وقت تو تھی نا۔۔۔جب میں نے خط کتاب میں رکھا تھا۔ میری بدقسمتی کاش میں نے تمہیں بھلا دیا ہوتا لیکن کیا کیجیے جسے انسان اُٹھتے، بیٹھتے، چلتے، پھرتے ہر لمحے جاگتی آنکھوں دیکھے، اُسے کیسے فراموش کیا جائے۔''

''اس وقت آپ کی عمر کیا تھی۔۔۔''

''تمہیں خط مِل جائے تو عمر بھی جان لوگے۔ ڈھونڈو تو سہی شاید کہیں مل جائے اور مرنے سے پہلے یہ خوشی تو دیکھ لوں کہ میں جس نے کہا تھا میں صرف تمہاری ہوں تمہیں یقین دلا جاؤں۔۔۔''

فون بند ہوگیا۔۔۔اس نے ریسیور کریڈل پر رکھا۔لمبی سانس لی۔ چشمہ اُٹھا کے آنکھوں پر جمایا۔

اس کی بیوی کو فوت ہوئے دو سال ہوئے تھے۔ دِن میں وہ بازار کی مٹر گشت کو جا نکلتا تھا اور گھر میں کیبل پر چینل بدلتے، سگار اور کافی پیتے وقت گزارنا اُس کی عادت بن گئی تھی۔ اخبار کا باریک بینی سے مطالعہ کرنا بھی اس کا مشغلہ تھا۔اس کے علاوہ اُس نے اور کوئی شوق نہیں پالا تھا۔

گھر میں بیٹا اور بہو تھے۔ دونوں سویرے سویرے اپنے کام پر نکل جاتے۔ شام ڈھلے لوٹتے۔ وہ عضوِ معطل کی مانند زندگی گزار رہا تھا۔ اس نے کبھی بیٹے اور بہو کے معاملات میں مداخلت نہیں کی تھی لیکن یہ فون پر اُترنے والی افتاد سے وہ پہلے پہل تو بہت گھبرایا، پھر اسے خیال آیا یہ بھی وقت گزاری کا اچھا مشغلہ ہے ایک خاتون کی بے مقصد باتیں سن لینے میں حرج ہی کیا ہے لیکن وہ کہتی ہے میں نے ایک خط کتاب میں رکھا تھا۔ کیا سچ کہتی ہے؟ یہ بھی ممکن ہے وہ بچپن میں ہمارے گھر کسی تقریب میں آئی ہو، کوئی شادی بیاہ کا موقع ہو۔ یہ بھی امکان ہے وہ عورت سچ مچ دُکھی ہو۔ مجھے اس کی گفتگو سنجیدگی سے سمجھنا چاہیے۔ ممکن ہے واقعی وہ مجھ سے محبت کرتی ہو۔ شاید ثبوت مل جائے۔ مجھے اس کے ساتھ نرم لہجے میں بات کرنی چاہیے اسے اپنے اس خیال سے گھن آئی کہ اس خاتون سے باتیں کرنا وقت گزاری کا مشغلہ ہے!

(۲)

یہ ایک بازار ہے۔

سورج نکلنے سے پہلے خاکروب جھاڑو لگا کر بازار کی سڑک صاف کر گئے ہیں۔ ابھی بازار نیند سے نہیں جاگا۔ دُکانوں کے شٹر بند ہیں۔ دُکانوں کے سامنے ریڑھیوں پر کپڑے مڑھے ہیں۔ شام ڈھلنے پر جیسے پرندے گھونسلوں میں لوٹ جاتے ہیں ایسے ہی تھکے ہارے دُکان دار ریڑھی والے، مزدور سب گھروں کو لوٹ جاتے ہیں۔ ریڑھی والے بچی کچی سبزی، فروٹ اور دیگر اشیاء پر کپڑا باندھ کر جاتے ہیں۔

وہ صبح سویرے بازار آ نکلا تھا۔

ریڑھیاں خاموش پڑی تھیں۔ ایک ریڑھی اُلٹی دھری تھی۔ جوتوں کی دُکان کے سامنے کھڑی ریڑھی کو اس نے ایک نظر دیکھا۔ ریڑھی والا ایک سفید ریش شخص ہے اس کی آٹھ بیٹیاں

ہیں جو کنواری بیٹھی ہیں۔ بازار کے اِس سرے سے اُس سرے تک چیتھڑوں میں ملبوس جو شخص سارا دِن ہاتھ میں پتھر اُٹھائے گھومتا ہے اس کے گھر بھی بھوک پکتی ہے۔ یہ اس روز پاگل ہوا تھا جس روز زکوۃ دینے والوں نے اس کی بیٹی کا جسم اپنی آنکھوں سے ٹٹولا تھا۔ شام ڈھلے کھڑاک کھڑاک کی آواز سے دُکانوں کے شٹر گرتے ہیں۔ ریڑھیاں چپ ہو جاتی ہیں۔ پاگل ایک دُکان کے تھڑے پر جسم سمیٹ کر سو جاتا ہے۔ روز بازار جانا اس کے معمولات کا حصہ ہے۔ وہ ایک ریٹائرڈ شخص ہے کیا کرے کبھی وہ آنے والے کل پر وقت کو دھکا دینے کی کوشش کرتا ہے کبھی گول گپّے والے کا ایک گول گپا اُٹھا کر منہ میں ڈال لیتا ہے۔ گول گپّے والا بھی بابے سے بے تکلف ہے۔ بازار کے بارے میں سوچنا اس کی سائیکی کا حصہ ہے۔ صبح دم بازار انگڑائی لے کر جاگتا ہے۔ اِنسان رزق کی تلاش میں نکلتا ہے۔ سارا دِن ریڑھیوں پر دُکھ بِکتے ہیں۔ دُکھ بیچنے والے اتنا نہیں کما پاتے کہ سُکھ خرید سکیں۔

وہ ایک ریڑھی کے پاس رُک گیا۔ ریڑھی میں کوئی خاص بات نہیں تھی۔ لکڑی چیخ چکی تھی۔ کیل زنگ آلود ہو چکے تھے۔ ٹائر جانے کب کے گل چکے تھے۔ ایک مڑے تڑے پہیے کی جگہ اینٹیں جما کر اسے سہارا دیا گیا تھا۔ وہ سوچنے لگا میں بازار سے روزانہ گزرتا ہوں۔ اس ریڑھی میں ایسی کیا خاص بات ہے کہ میں رُک کر اسے دیکھ رہا ہوں یا شاید بازار جاگنے پر ہم توجہ نہیں دے پاتے۔ عمر بھر بازار سے گزرتے رہتے ہیں اگر میں بھول نہیں رہا تو اس پر ایک خشخشی ڈاڑھی والا بابا سبزی بیچتا تھا۔ شاید وہ گزر گیا اور اب اس کا بیٹا بیٹھتا ہے لیکن ریڑھی کے ساتھ تو میری کوئی یادوابستہ نہیں۔ وہ خاتون یقیناً نفسیاتی مریضہ ہے وہ مجھے بھی پاگل کر دے گی۔ عمر کے اس حصے میں اس کے ساتھ ملاقات بھی ممکن نہیں۔ لٹکتی جلد جھریوں بھرے چہرے کے ساتھ کیا اچھا لگوں گا لیکن وہ کیوں کہتی ہے میں صرف تمہاری ہوں یہ جملہ کس نے ادا کیا۔۔۔؟

نہیں نہیں کسی نے بھی نہیں کہا۔ یہ میرا وہم ہوسکتا ہے ابھی جو میرے من میں مکالماتی جنگ ہو رہی ہے کہیں یہ واہمہ تو نہیں۔ واہمہ۔۔۔؟ کوئی آواز، خوشبو، جھونکا! بالکل نہیں لیکن یہ آہٹ کس کی ہے کون ہے جو دبے قدموں میرے دِل میں چہل قدمی کر رہا ہے۔ میں اسے پہچان کیوں نہیں پا رہا اگر یہ واقعی میری ہے تو اس نے کب کہاں اعتراف کیا تھا؟ میں ریڑھی کے پاس کیوں رُکا ہوں؟ یہ وہی ریڑھی تو نہیں۔ اس نے ایک بار پھر ریڑھی کو غور سے دیکھا۔ بازار میں سبزی اور فروٹ کی بولی لگنے سے بیشتر انہیں ڈھیریوں کی شکل میں سجایا جا رہا تھا۔ مختلف اشخاص تھڑوں اور اُن ڈھیریوں کے درمیان ہاتھ لہرا لہرا کر بولیاں الاپ رہے تھے۔ اسے اپنے اندر چند روز قبل کے فون کی آواز سنائی دی۔ بازگشت اس کی سماعتوں سے ٹکراتی اسے پریشان کیے دے رہی تھی۔ اس نے یہ کیوں کہا۔۔۔ وہ ریڑھی کا ذکر کر رہی تھی۔ اس کا کہنا تھا ایک بار میں سبزی خریدنے گئی تھی۔ کب گئی تھی؟ افوہ۔۔۔ یہ تو مجھے اس سے معلوم کرنا یاد ہی نہ رہا۔ ہاں سبزی خریدنے گئی تھی۔ ریڑھی کا ایک کیل سبزی لے کر پلٹتے ہوئے اس کے دوپٹے میں اٹکا۔ وہ کہتی ہے اس لمحے میں سامنے والے جنرل اسٹور میں کھڑا تھا۔ جانے یہ کتنے سال پہلے کی بات؟ کیسے ادا سے کہہ رہی تھی ''مجھے یوں محسوس ہوا تم نے میرا آنچل پکڑا ہے۔ میں پلٹی تو کم بخت کیل تھا۔ کیل بھی مجھے تمہاری طرح نہیں بھولا کیونکہ تم جو جنرل اسٹور میں کھڑے تھے۔'' عجیب وغریب خاتون ہے جانے اس کی عمر کیا ہے؟ کہیں بے وقوف نہ بنا رہی ہو۔۔۔؟ ملاقات کا نہیں مانتی۔ مل بھی لے تو کیا حرج ہے میں نے اس عمر میں کون سا تیر مار لینا ہے۔۔۔ ہوں ہوں ں۔۔۔ ں۔۔۔ اس نے بے خیالی میں سر ہلایا۔ اسے کسی نے خبر دی ہوگی مرد تو نوّے سال میں بھی بوڑھا نہیں ہوتا۔ اب فون آیا تو کھری کھری بات کروں گا۔ مجھے تو فون کرنے کی اجازت بھی نہیں۔ سختی سے منع کر دیتی ہے اُوپر سے رعب جھاڑتی ہے۔۔۔ تم نے فون کیا تو میں تمہیں کبھی فون نہیں کروں گی۔ کیسی اُلجھن میں ڈال دیا ہے مجھے اس پیری میں! خط کا ذکر ہر بار دُہراتی ہے۔ پرانے ٹین کے بکسوں میں کتابیں رکھوائی تو تھیں میں نے۔۔۔ بیٹے سے کہتا ہوں اسٹور سے بکسے نکال دے شاید نکل آئے۔ کہا تو بہو سے بھی جا سکتا ہے وہ بھی بھلی مانس ہے۔۔۔ بازار کی مشرقی نکڑ پر گولگپے والا صدا لگا رہا تھا۔۔۔ کرارے

کرارے مزیدار گول گپے۔۔۔وہاں سے گزرتے ہوئے اس نے ایک گول گپا منہ میں ڈالا اور خط کی تلاش کا آخری فیصلہ کر کے گھر کو چل دیا۔۔۔

(۳)

''بابا۔۔۔ٹرنک تو کہیں اسٹور میں رکھوائے تھے۔کیا ضرورت پیش آ گئی۔''

''بیٹا۔۔۔اس میں پرانی تصویروں کے البم میری کچھ ڈائریاں اور دوستوں رشتہ داروں کے خطوط ہیں۔ پرانی یادیں تازہ کرنے کو جی کرتا ہے۔نوکر سے کہہ کر نکلوا دینا۔''

''اچھا بابا۔۔۔کل صبح اتوار ہے۔میں بھی گھر پر ہوں۔ٹرنک نکلوا دوں گا۔''

دِن خوب چڑھ آیا تھا۔نوکر جانے کہاں مر گیا تھا خود اس میں اتنی سکت نہیں تھی کہ اسٹور کے کاٹھ کباڑ سے ٹرنک نکالتا۔کہیں دوپہر میں دو ٹرنک اس کے بیٹے نے نکلوا کر کمرے میں رکھوا دیے۔

رات ٹیلی ویژن پر خبرنامہ دیکھنے کے بعد اس نے کمرے کی کُنڈی چڑھائی۔ٹرنک کھولا کتابیں، البم، خطوط گرد آلود فائلیں !اس نے پہلے کتابوں کو ورق ورق کھولا۔ٹرنک خالی ہو گیا لیکن اُسے وہ خط نہیں ملا جس کی تلاش میں وہ سرگرداں تھا۔کمر سیدھی کرنے کو اس نے دیوار سے ٹیک لگائی اور آنکھیں موندلیں۔

یہ مجھے کیا ہو گیا ہے وہ عورت کیوں میرے حواس پر چھا گئی۔میرا اس سے کوئی ناتا نہیں جڑتا کوئی رشتہ نہیں نکلتا۔کیسی پُرسکون زندگی گزار رہا تھا میں، بازار جانا، اخبار پڑھنا، کیبل دیکھنا، گھر کے چھوٹے موٹے کام نمٹا لینا۔اب ہر وقت اس کے خیالوں میں کھویا رہتا ہوں۔دن کا چین، رات کی نیند گئی۔اب کے فون آیا تو میں کھل کے بات کروں گا۔وہ خیالوں کے تانے بانے بُننے میں مصروف تھا۔اسے دوسرا ٹرنک کھولنے کا خیال آیا۔ٹرنک کھول کر وہ بڑبڑا اپنی مرحومہ بیوی

کی چیزیں دیکھ رہا تھا۔ اس ٹرنک میں سے بھی کوئی کتاب برآمد نہ ہوئی۔ دونوں ٹرنک ماضی کی یادوں سے اٹے پڑے تھے۔ یادوں پرسے اس نے گرد صاف کی رات گئے تک وہ ماضی کے دھندلکوں میں سے ایک چہرہ تلاش کرتا رہا لیکن کوئی یاد کی کترن ایسی نہ نکلی جس سے وہ مکمل شبیہہ اُبھار لیتا۔ صبح فون پر اس نے خاتون کو خبر دی تھی کہ آج اسٹور سے ٹرنک نکلوا کر میں خط تلاش کروں گا۔

فون کی گھنٹی بجی۔

وہ چونکا رات گئے کس کا فون ہے۔ شاید اُسی کا ہو، اُمید لگائے بیٹھی ہو کہ خط کی بازیافت سے وہ اپنی محبت ثابت کرنے میں کامیاب ہو چکی ہے۔۔۔!

''ہیلو۔۔۔ٹرنک میں سے کچھ نکلا۔''

''ہاں مِل گیا۔۔۔''

''کیا خط مِل گیا۔۔۔؟''

''نہیں خاتون مجھے میرا ماضی مِل گیا۔''

''چلو اس ٹرنک میں نہ سہی تم دل کا ٹرنک کھول کر دیکھو۔ وہاں تو خط موجود ہوگا ہی۔''

''خاتون میں آپ کو ایک مشورہ دوں۔''

''سر آنکھوں پر۔۔۔دیجیے۔''

''اب یہ کھیل بند کیجیے۔ میرے اعصاب چٹخ گئے ہیں۔ آپ واقعی اوائل عمر میں میرے گھر میں آئی تھیں۔ کسی کتاب میں خط رکھا تھا جنرل اسٹور میں کھڑے دیکھا تھا مجھ کو اور۔۔۔ اور۔۔۔ مجھے فراموش کرنے کے لیے چار پانچ عشق فرمائے تھے آپ نے۔۔۔! ساری باتیں درست لیکن مجھے اس اُلجھن سے نکالیے۔ میں آپ سے کیا کہوں میری سماعت آپ کی آواز کی

عادی ہوگئی ہے۔جس روز آپ کا فون نہ آئے میں کوئی کام نہیں کر پاتا لیکن اتنا عرصہ گزرنے پر بھی آپ کی ذات ایک معمہ ہے جسے میں حل نہیں کرسکا۔''

''کیا تمہیں میرے فون سے خوشی ہوتی ہے۔''

''اس میں شک ہے کیا۔۔۔؟''

''تمہاری سماعت میری آواز سے اس درجہ مانوس ہوگئی کہ تمہیں میری کمی محسوس ہوتی ہے۔یہ میری خوش قسمتی ہے۔''

''لیکن خاتون۔۔۔؟''

''صبر کا دامن کیوں چھلکنے لگا ٹھہرو! آج تمہاری اُلجھن دُور کیے دیتی ہوں۔''

''میں مڈل پاس متوسط طبقے سے تعلق رکھتی ہوں۔شادی کی عمر نکل چکی۔میرا کوئی مشغلہ نہیں۔ہم معاشرتی جبر میں پسنے کے لیے پیدا ہوتی ہیں۔گائے،بھینس،بکری کی طرح کسی کھونٹ باندھ دی جاتی ہیں۔میں سارا دِن گھر برتن مانجھتے سوتیلی ماں کے سر سے جوئیں نکالتے جھڑکیاں سہتے گزار دیتی ہوں۔مجھے بھی خوشی کی تلاش تھی۔اپنے اندر کی گھٹن کم کرنے کو میں نے رانگ نمبر ملایا۔پہلے اپنے اندر ایک مکمل کہانی ترتیب دی پھر تمہارے ساتھ چل نکلی۔تم حیران ہوگے مڈل تعلیم اور اتنی باتونی کیسے ہوں۔یہ اندر کی گھٹن کو راستہ ملا تو باتیں کرنے اور کہانیاں بننے کا ہنر بھی آ گیا۔جب تم نے اپنی عمر بتائی تو میں پُر سکون ہوگئی یہ میری زندگی کا واحد رنگین مشغلہ تھا۔۔۔''

''تھا، سے کیا مراد ہے تمہاری۔''

''شاید میری ساری عمر کی ریاضت،صبر اور سوتیلی ماں کا جبر جو میں نے جھیلا اللہ میاں کو پسند آ گیا۔ایک رشتہ آیا ہے میرا یوں سمجھو،طے بھی ہوگیا۔''

''کون ہے وہ۔۔۔!''

"ایک رنڈوا ہے۔ کپڑے کی دُکان کرتا ہے۔ اسے اپنے بچے پالنے کے لیے ایک عورت چاہیے۔ مجھے نہیں معلوم میں ایک جہنم سے دوسرے جہنم میں جا رہی ہوں یا کوئی خوشی بھی میری منتظر ہے۔ تمہیں میں نے بہت تنگ کیا، ہو سکے تو مجھے معاف کر دینا۔"

"تو۔۔۔کیا اب کبھی فون نہیں کرو گی۔"

"نہیں۔۔۔!"

فون بند ہو گیا۔ کمرے میں ہول ناک سناٹا تھا۔ اسے لگا وہ کوئی فلم دیکھ رہا تھا۔ وہیں ٹرنکوں کے پاس بیٹھے بیٹھے رات کے کسی حصے میں اُسے نیند آ گئی۔ صبح اس کی آنکھ کھلی تو اس کا ہر عضوِ جسم پھوڑے کی مانند درد میں مبتلا تھا۔ اس نے اُٹھنے کی کوشش کی لیکن اعصاب جواب دے گئے۔

اسے یوں لگا اس کے جسم کا ہر عضو آج ریٹائر ہو گیا ہے۔

شور بہت کرتا تھا

یہ ایک سادہ سی کہانی ہے، زمین کا دُکھ ہے۔ دیارِ غیر میں سانس کے عذاب سے گزرنے والوں کا نوحہ ہے۔

ایک کبوتر، روشن خان، ریاست خان، ایک انجینئر، معصوم بچی، کویت کی سلیٹی سڑکیں، پاکستان سے آنے والا ایک موت کا ٹیلیفون، چند سوکھی روٹیاں اور کنارہ گیر گم نام شخص جو میرے افسانے کے کردار تھے۔ سب میرے ساتھ اب بھی ملاقات کو آنکلتے ہیں۔ حیران، آنکھوں میں سوال لیے کہ میں نے انہیں کیوں فراموش کر دیا۔۔۔

بے روزگاری ہر دور میں دائر رہتی ہے۔ یہ مکمل طور پر ختم نہیں ہوتی۔ یہ ایک ایسا وائرس ہے جو مظلوم، بے بس، غریب، مجبور اور بے بس انسانوں کی ہڈیوں کا گودا کھا جاتا ہے۔ ابھی تک

ایسی ویکسین ایجاد نہیں ہوئی جو اس بیماری کے جراثیم کا مکمل طور پر خاتمہ کر سکے۔

وہ درمیانی عمر کا ایک پختہ مرد تھا۔اس نے بے وطنی کو گھر مان لیا تھا اور سارا دن سڑکوں پر پتھر کوٹتا۔شام ڈھلے ایک بے جان پتھر کی مانند بستر پر آ رہتا۔وہ کویت کی مختلف پرائیویٹ کمپنیوں میں قسمت آزمارہا۔قسمت آزمائی میں ایک دن وہ بیلچے سے ایک ٹرنچ کی کھدائی میں مصروف تھا اسی دوران اس کے ایک ساتھی نے کہا۔

''یار!۔۔۔تم مینا الزور چلے جاؤ وہاں تیل کی ایک کمپنی ہے وہ دیہاڑی مناسب دیتے ہیں۔''

''کیسے چلا جاؤں۔۔۔؟تم تو ایسے کہہ رہے ہو جیسے مجھے وہاں بلایا گیا ہے۔''

''ہاں بلایا گیا ہے۔۔۔وہاں میرے چند دوست رہتے ہیں انہوں نے کہا ہے یہاں آجاؤ اور یہ بھی کہا ہے ایک آدھ دوست ساتھ لیتے آؤ تو وہ بھی کھپ جائے گا۔تم آج رات تیاری پکڑو۔''

''لیکن یار۔۔۔وہ تو پٹھان ہوں گے۔تمہیں تو سینے سے لگائیں گے لیکن میں۔۔۔؟''

''یارا۔۔۔پردیس میں کوئی پنجابی، پٹھان، بلوچی نہیں ہوتا۔سب پاکستانی ہوتے ہیں۔

اگلی صبح وہ بس میں بیٹھے اور مینا الزور پہنچ گئے۔سورج کافی نکل آیا تھا۔جب وہ ڈیرے میں داخل ہوئے تو ایک دراز قد، گٹھے ہوئے مضبوط چوڑے چکلے شانوں والے پٹھان نے جس کے چیچک زدہ چہرے پر مسکراہٹ تھی ان کا استقبال کیا۔۔۔

''آؤ۔۔آؤ۔۔۔جی بسم اللہ۔۔۔ریاست خان نے کہا تھا آپ کا خاص خیال رکھنا ہے۔''

''ڈیرہ'' دو کمروں، باورچی خانے اور صحن میں ایک غسل خانے پر مشتمل تھا۔ بے وطن لوگوں کے لیے وہاں طرزِ زیست کٹھن تھا۔ رہائش گاہ المعروف ''ڈیرہ'' مرغی کے ڈربوں سے مماثل تھا۔ ایک ڈربے کا کرایہ سو دینار سے متجاوز ہونے کی وجہ سے انسان تو مرغیوں کی جون میں نہیں ڈھل سکتے تھے لیکن ایک ڈربے میں دس دس افراد اپنے میٹرس بچھا کر دس دینار میں مہینہ گزار جاتے ایسا کرنے سے وطن لوٹ کر پُرسہولت زندگی گزارنے کا خواب ان کی آنکھوں میں زندہ رہتا اور چشمِ تخیل میں وہ ڈربے کو محل دیکھتے۔ وہ مزدور بھی کسی ایسے ڈربے کا مکین تھا اور یہاں ''ڈیرہ'' دو کمروں، باورچی خانے اور صحن میں ایک غسل خانے پر مشتمل تھا۔ کشادگی دیکھ کر اس نے ٹانگیں پھیلائیں اور جلد ہی خراٹے لینے لگا۔ دوپہر کا کھانا کھا کر وہ پھر سو گیا۔ سہ پہر کے بعد شور سے اس کی آنکھ کھلی۔ آنکھیں ملتے ہوئے اس نے دیکھا کمرہ افراد سے بھرا ہوا ہے۔ فوری طور پر سب کے نام یاد رکھنا اس کے لیے ممکن نہیں تھا۔ روشن خان کے بعد دوسرا نام اسے ریاست خان کا ازبر ہوا۔ رات کھانے کے بعد ریاست خان نے اعلان کیا کہ مہمان کی تکریم میں سب مِل کر پختون ناچ ناچیں گے۔ روشن خان نے ٹیپ میں پشتو موسیقی کی کیسٹ ڈال دی اور سب ایک دائرے میں آگے کو جھکتے ہوئے تالی بجاتے اور پلٹ کر سر کے بال پیچھے جھٹکتے، ایک مخصوص آواز نکالتے جس سے رگوں میں لہو گرمی پکڑتا۔ وہ بہت دیر تک بلاّ گُلاّ مچاتے اور خوش ہوتے رہے۔ نوکری مزدوری کے معاملات زیرِ بحث رہے باتوں باتوں میں وہ بازار کے لیے اٹھے تاکہ ناشتے کا سامان لے آئیں۔۔۔ ابھی وہ بڑی شاہراہ عبور کر کے ایک بغلی سڑک پر مڑے تھے کہ ایکا ایکی ان پر پتھروں کی بارش ہوگئی۔ روشن خان نے اسے کلائی سے پکڑ کر گھسیٹا اور قریبی بقالے میں گھس گیا۔ وہ ہکا بکا رہ گیا کہ ہوا کیا ہے۔۔۔؟

''کچھ نہیں ہوا، یارا گھبرا مت۔۔۔ ادھر ایسا ہوتا ہے بچہ لوگ شلوار قمیص والے کو دیکھ کر

پتھر مارتا ہے۔''

''لیکن یہ ہندی ہندی کیوں بولتا ہے۔۔۔؟''

''یہ پاکستانی ہندستانی سب کو ہندی سمجھتا ہے۔''

''کیوں سمجھتا ہے۔۔۔؟ پاکستانی پاکستانی ہے ہم نے اپنا الگ وطن لیا ہے۔''

''اوئے خانہ خرابہ ان عرب بدوؤں کو کون سمجھائے۔''

''یہ بچہ لوگ ہے چھوڑو۔۔۔اب نکلو۔''

''کہیں پھر پتھر نہ پڑیں۔''

''اب کچھ نہیں ہوگا۔۔تم اللہ کا نام لے کر نکلو۔۔۔یہ روز ہوتا ہے ہم عادی ہو گیا ہے۔''

''ویسے خان صاحب یہ پٹھان کی غیرت کے خلاف ہے کہ وہ مار کھائے یا کھانے کا عادی ہو جائے۔''

''اوئے خوچہ تو نہیں سمجھے گا۔۔۔یہ ہمارے نبی پاک ﷺ کی قوم ہے۔اس پر ہاتھ اُٹھانا بہت بڑا گناہ ہے۔ہمارے نبی پاک ﷺ نے بھی پتھر کھائے تھے اور معاف کر دیا تھا۔''

وہ ایک دکان سے ناشتے کا سامان لے کر پلٹے تو رات کا ایک حصہ بیت چکا تھا۔صبح اس نے ان کے ساتھ مزدوری پر جانا تھا۔اس کا دن بہت خوبصورت گزرا تھا۔رات بستر پر لیٹے لیٹے وہ اپنے ویزے کی مدت کا حساب جوڑتا رہا۔اس نے فیصلہ کیا باقی مہینے ان لوگوں کے سنگ گزر جائیں تو آسانی رہے گی۔

وہ گہری نیند میں تھا۔

جب اسے جگایا گیا ناشتہ وہ سب مل کر چھوٹے سے صحن میں کر رہے تھے۔مغربی دیوار پر سے ایک کبوتر غٹرغوں غٹرغوں کرتا صحن میں اترا۔اسے روٹی ڈالی گئی۔اس کا رنگ خاکستری

تھا۔ ناشتہ کر کے سب اپنے اپنے کام سے نکل گئے ریاست خان اسے بھی ساتھ لے گیا۔ زندگی نے ڈگر باندھی اور وہ اپنے حصے کے کام پر روزانہ نکلتا اور ڈیرے پر لوٹ کران کا ہاتھ بٹانا اپنا فرض سمجھتا۔ وہ اکثر شام ڈھلے کام سے واپس آتا، سورج ڈوبنے سے آدھ پون گھنٹہ قبل۔۔۔ وہ جب ڈیرے میں داخل ہوتا اس کی پہلی نظر کبوتر پر پڑتی وہ صحن میں یا دیوار پر اسے ملتا۔ دیارِ غیر میں یہ بے زبان اس کے ساتھ اس درجہ مانوس ہو گیا کہ اس کے سامنے باجرہ پھیلاتے ہوئے وہ ڈھیروں باتیں کرتا اپنے دکھ سکھ اس کے ساتھ بانٹتا۔ اس کی غٹرغوں غٹرغوں کی آواز سے اسے یوں محسوس ہوتا جیسے وہ اس کی کتھا نہ صرف سمجھ رہا ہے بلکہ اپنے دکھ بھی سنا رہا ہے۔۔ ایک روز اسے خیال آیا کہیں یہ بھی میری طرح بے وطن نہ ہو۔ جانے کس دیس سے آیا ہے۔۔۔؟ میں حضرت سلیمانؑ کے دور میں ہوتا تو پھر اس کا وطن معلوم کر لیتا۔

اس روز کوئی نئی بات نہیں ہوئی تھی۔ موسم قدرے گرم تھا۔ جب وہ گھر میں داخل ہوا کبوتر دیوار پر موجود نہیں تھا۔ اس نے چائے کا کپ بنایا۔ کمرے میں ایسے زاویے پر بیٹھ کر چائے پینے لگا کہ کبوتر اگر آ نکلے تو اسے دیکھنے میں مشکل نہ ہو۔ کمرے کے کونے میں چاندی کے پرانے کٹورے میں باجرہ رکھا تھا۔ وہ چسکیاں لیتا رہا اخبار پڑھتے ہوئے اس کی نظریں دروازے سے گزر کر صحن میں بھٹکتی رہیں۔ رات اُتر آئی لیکن کبوتر نہ اترا۔۔۔ اگلے روز کام میں اس کا جی اچاٹ رہا۔ لیکن یہ کوئی ایسی پریشانی نہیں تھی جو وہ کسی سے بانٹتا۔ دن گزرا سہ پہر ڈھل گئی رات پھر اُتر آئی۔ کبوتر جانے کس تاریکی میں اترا کہ اس کی کوئی خبر ہی نہ تھی وہ کٹورے میں رکھے باجرے اور صحن میں رکھے مٹی کے آبخورے کو دیکھتا تو اس کا دل کٹتا۔ لیکن مشکل یہ تھی کہ کسی نے بھی کبوتر کی گمشدگی کا نوٹس نہیں لیا تھا۔ وہ سوچتا رہا کہ میں اپنا دکھ بانٹوں تو کس کے ساتھ۔۔۔

اگلے روز۔۔۔ وہ ڈیوٹی سے واپس آیا تو عجیب سناٹا تھا۔ سارے صحن میں جمع تھے اور

خاموشی کانچ کے برتن کی طرح ان کے درمیان رکھی تھی۔ عجیب دکھ تھا جو ہر چہرے پر یکساں تھا۔ یا پردیس نے دکھ کو یکساں کر دکھایا تھا۔ انجینئر نصیر احمد جو مہینے میں ایک آدھ بار آنکلتا تھا وہ بھی چپ اوڑھے دیوار سے ٹیک لگائے بیٹھا تھا۔ صحن میں بچھی ہوئی دری نے موت پر مہر تو ثبت کر دی تھی۔۔۔لیکن کون گزر گیا۔۔۔

''کیا میں خود تو نہیں گزر گیا۔۔۔؟''

''آؤ بیٹھو۔۔۔''

وہ چپ چاپ بیٹھ گیا۔۔۔

''ریاست خان کا جوان بھائی پشاور میں ایک گاڑی تلے کچلا گیا۔۔۔''

''ہیں۔۔۔کب اطلاع آئی۔۔۔؟ ریاست خان کہاں ہے۔۔۔''

وہ یوں لرزا جیسے اس کے گھر سے میت اُٹھی ہے۔ پشاور کی ایک گلی سے ریاست خان کے بھائی کی موت نکلی اور سات سمندر پار کویت کے صحراؤں میں کُرلاتی سب کے انگ انگ میں اُتر گئی۔ سب اشک بار تھے۔ روشن خان جب ریاست کے سینے لگا تو سناٹے یوں کُرلائے کہ دیوار و در اشکوں سے دُھل گئے۔

سب نے وضو کیا۔ غائبانہ نمازِ جنازہ کے لیے صفیں باندھیں۔

موت کا سناٹا کئی دن چھایا رہا۔۔۔

یادداشت کی آخری کرن جو ذہن میں کسی کسی لمحے چمک اٹھتی ہے۔ بھگویا ہوا باجرہ کٹورے میں سوکھ گیا تھا۔ ایک ہفتہ بعد مجھے روشن خان نے بتایا تھا کہ کبوتر شور بہت کرتا تھا۔

ایک دوپہر میں نے اسے باجرا ڈال کر پکڑا اور۔۔۔

اُس کی گردن مروڑ دی۔۔۔

کبوتر کی گردن کیوں مروڑ دی گئی؟

اُس کا قصور کیا تھا۔۔۔؟

صرف یہی کہ وہ شور بہت کرتا تھا۔۔۔!

✩✩✩

☆☆☆

مکینک کہاں گیا

دل پر لگنے والی چوٹ گہری تھی، من میں اترنے والا گھاؤ شدید تھا۔اس کی آنکھیں جھکی تھیں۔ پاؤں کے انگوٹھے سے وہ زمین کرید رہا تھا۔آنکھیں اٹھانا اس تربیت کے خلاف تھا جو اس کی طبیعت اور مزاج کا بچپن سے حصہ تھی۔وہ آنکھیں اٹھا کر باپ کے سامنے گستاخی کا مرتکب نہیں ہونا چاہتا تھا۔باپ اسے تھپڑ دے مارتا تو وہ سہہ جانا آسان تھا لیکن باپ کی آنکھ میں اترا غصہ اس کے وجود کو ریزہ ریزہ کر گیا۔اپنے وجود کے ریزے چن کر دوبارہ سانس بحال کر کے وہ کہیں نکل جانا چاہتا تھا لیکن یہ اتنا آسان نہیں تھا۔باپ کے غصے کو سہتے سہتے وہ جینا تو سیکھ گیا لیکن مجروح عزتِ نفس کی کرچیاں رات میں اس کے لیے باعث آزار ہو جاتیں وہ سونے کو بستر پر لیٹتا تو پورے بستر پر عزتِ نفس کی کرچیاں کانٹوں میں بدل جاتیں۔

اس نے کن اکھیوں سے ماں کو دیکھا۔ ماں کے چہرے پر راکھ کے سوا کچھ نہیں تھا۔ اس کی آنکھ میں آنسو اُترے لیکن وہ ماں کے لیے ان کو پی گیا۔ اسے خبر تھی اس کے آنسو ماں کی پوری رات کی نیند چھین لیں گے۔ وہ نہیں چاہتا تھا کہ اس کی ماں کی نیند میں کوئی رخنہ پڑے۔ اسے باپ بھی بہت اچھا لگتا تھا لیکن؟ وہ سوچتا، قصور شاید کسی کا بھی نہیں نکلتا۔ لیکن یہ روز کی ڈانٹ کیوں میرا مقدر ہے؟ اس کے اندر بہت سے چہرے بسے ہوئے تھے۔ ان چہروں میں ایسے چہرے اسے بہت بھاتے جن پر مسکراہٹ کا موسم رہتا تھا۔ ایک چہرہ مسجد کے مولوی صاحب کا تھا۔ نورانی چہرے والے مولوی صاحب سے اسے محبت اور گہری عقیدت تھی۔ ان کے لہجے کی ملائمت اسے کئی دن شانت رکھتی، دھیما لہجہ، بردباری، تحمل، اندازِ گفتگو میں ٹھہراؤ۔ وہ سوچتا میرا باپ ایسا کیوں نہیں؟ اسے جمعہ کا وہ خطبہ یاد تھا جو اس کے وجود میں تحلیل ہوگیا۔ مولوی صاحب نے زور دے کر سمجھایا تھا کہ والدین کے سامنے اولاد کی آواز پست رہنا چاہیے۔ اف تک کی ممانعت بھی اس کے ذہن میں محفوظ تھی۔ وہ کالج سے گھر لوٹتے ہوئے راستے میں ہی ریزہ ریزہ ہوجاتا۔ وہ آدھا ادھورا گھر میں سہا ہوا داخل ہوتا۔ گھر میں داخل ہونے سے پہلے ہی سماعت پر انگارے برسنے لگتے۔

''یہ نالائق ہے پرلے درجے کا، غبی، کند ذہن، اس کی کھوپڑی میں بھس بھرا ہے، اس نے میرے خواب مٹی میں ملا دیے ہیں۔''

''دھیرے بولیں۔۔۔ ہمسائے؟''

''تو بک بک نہ کر، زبان کھینچ لوں گا تیری۔''

اس کی ماں سہم گئی۔

''بابا۔۔۔ وہ۔۔۔ وہ۔۔۔ بات یہ ہے!''

''مت بھونک۔''

''آج تو آپ ہتھے سے اُکھڑ گئے ہیں۔اس معصوم کی بات تو کم از کم سن لیں۔''

''بک جو بکنا ہے۔''

''بابا۔۔۔میں جو پڑھتا ہوں وہ یاد نہیں رہتا۔''

''دل لگا کر پڑھے تو یاد رہے نا۔اختر صاحب کے بیٹے کا داخلہ کنگ ایڈورڈ میڈیکل کالج لاہور میں ہو گیا۔وہ اپنے رحیم صاحب کی بیٹی تیری کلاس فیلو تھی وہ نشتر میڈیکل کالج ملتان میں پہنچ گئی ،فیاض صاحب کا بیٹا انجینئرنگ میں چلا گیا اور تو۔۔۔تو۔۔۔دفعہ ہو جا میرے گھر سے۔۔۔!''

وہ آنسو جو اس نے ماں کی نیند کے ڈر سے روک رکھے تھے۔دہلیز سے نکلا تو مٹی نے چُن لیے وہ مسجد گیا مولوی صاحب نہیں تھے۔اسے یہ یاد نہیں تھا وقت کون سا ہے۔اس نے وضو کیا دو نفل پڑھے مسجد کے صحن میں اکڑوں بیٹھا سوچتا رہا میں بابا کو کیسے سمجھاؤں مجھے واقعی سبق یاد نہیں ہوتا رات گئے تک جاگ کر میں نے امتحان کی تیاری کی۔مجھے تو پاس ہونے کی بھی امید نہیں تھی۔یہ اللہ کا کرم ہے میں ایف ایس سی تھرڈ ڈویژن میں پاس تو کر گیا۔

''میں بابا کے دکھ کیسے کم کروں؟''

میرا باپ خواب کیوں دیکھتا ہے۔اس اُوپر والے نے سب کو ایک جیسا پیدا نہیں کیا۔قابلیت بھی ایک جیسی عطا نہیں کی۔رزق کی تقسیم بھی اپنے ہاتھ میں رکھی ہے۔شام تک ماں مجھے گھر واپس بلوا تو لے گی لیکن اب اس وقت میں کیا کروں۔کہاں جاؤں؟

نماز مغرب کے بعد اس نے مولوی صاحب کو اپنی کتھا من وعن سنائی۔مولوی صاحب اس کی باتیں انہماک سے سنتے رہے۔۔۔

''بیٹا۔۔۔تمہیں کوئی ہنر سیکھنے کا شوق ہے؟''

''جی۔۔۔''

''الیکٹرانک۔''

''کسی دکان پر بات کروں؟''

''میرا ایک دوست ہے جی، میں اس کی دکان پر بیٹھ سکتا ہوں۔''

''تم کل سے دکان پر بیٹھنا شروع کردو لیکن کام میں لگن، دِل جمعی لازمی شرط ہے۔

اللہ کریم ہے۔''

''لیکن مولوی صاحب۔۔۔بابا۔۔۔؟''

''تمہارے بابا کو میں سنبھال لوں گا۔''

(۲)

سورج ان کوارٹروں سے کنی کترا کے گزرتا تھا۔سردیوں میں دھوپ کی قلت ہونے سے ان کوارٹروں کے مکین گلی میں نکل بیٹھتے۔مرد ڈیوٹی پر جاتے تو عورتیں گھر کے کام نمٹا کر کشادہ گلی میں چارپائیاں ڈال کر بیٹھ جاتیں اور کچر کچر باتیں کرتیں، سبزی کاٹتیں، کوئی نومولود کو دودھ پلانے کے لیے گود میں لیتی تو دوسری اسے یہ سمجھانا نہ بھولتی کہ دوپٹہ ٹھیک کرلو، یہ گلی ہے۔وہ نماز فجر کے بعد گھر کے چھوٹے موٹے کام نمٹا کر نکل جاتا۔وہ کام لگن سے سیکھ رہا تھا،اس نے اپنے آپ کو پرزوں میں گم کردیا، وہ ایک ایک چیز کے بارے پوچھتا۔۔۔

ایک روز دوپہر کے کھانے پر اس کے دوست نے کہا''یار!تمہارا شوق قابلِ رشک ہے۔''

''ہاں یار!میرا ایک تجربہ ہے۔۔۔''

''تمہیں آئے ہوئے کتنے روز ہوئے ہیں، تجربہ کیسا؟''

''یار! زندگی کے بارے بات کر رہا ہوں۔۔۔''

''یہ عمر اور تجربہ؟''

''تجربے کا عمر سے کیا تعلق؟ تجربہ عمر پر منحصر ہوتا تو سترہ سالہ محمد بن قاسم کی بجائے کسی بوڑھے جہاں دیدہ جرنیل کے سپرد فوجوں کی کمانڈ ہوتی۔ وقت سکھا دیتا ہے، وقت معلم ہے، کوئی لمحوں میں پا لیتا ہے، کوئی عمریں رول کر بھی خالی رہتا ہے۔''

''یار! تم تقریر نہ جھاڑو تجربہ بتاؤ۔''

''تجربے کا تعلق چولہے سے ہے۔۔۔''

''انہی اُلٹی سیدھی سوچوں کی وجہ سے تمہاری ایف ایس سی میں تھرڈ ڈویژن آئی ہے۔ اب بولو بھی!''

''یار! میں نے اس زمین پر شعور کی آنکھ کھلنے پر جو منظر دیکھے اس میں ایک منظر بہت کرب ناک تھا اور وہ تھا اپنے حصے کا بوجھ ڈھونا۔ میں نے دیکھا ہے ہر انسان کو اپنے حصے کا بوجھ خود ڈھونا ہوتا ہے۔ اپنی زندگی کا رتھ خود کھینچنا ہوتا ہے، کوئی کسی کے عمر بھر کام نہیں نبھا سکتا، انسان قلاش ہو تو کوئی صاحب ثروت دوست، رشتہ دار، دو چار بار تو مدد کر دے گا لیکن یہ جو روز کا چولہا ہے نا۔۔۔ یہ خود جلانا پڑتا ہے۔ ساری عمر کے لیے چولہے کا ایندھن کوئی فراہم نہیں کرتا۔ سبزی، گوشت، پیاز، دوائی، جوتی، کپڑا، دوا دارو، خوشی غمی کے اخراجات سب آدمی کو خود نبھانا ہوتے ہیں۔ انہیں کوئی خوشی سے نبھائے یا بوجھ سمجھ کر گھسیٹے، گھسیٹنا خود ہی کو ہوگا۔''

''یار بات تو تیری دل کو لگتی ہے۔''

''اس لیے میں اپنے پاؤں پر کھڑا ہونا چاہتا ہوں۔''

''لیکن تیرے بابا کے خواب؟''

''زندگی خوابوں کے سہارے بسر نہیں ہوتی ہر آدمی اپنا مقدر لے کر پیدا ہوتا ہے۔''

''تم کیا سمجھتے ہو تمہارا مقدر کیا ہے؟''

''مکینکی۔۔۔ مجھے یقین ہے میرے اللہ نے میری روزی اسی میں رکھی ہے۔''

''اگر کہو تو ساتھ والی دکان خالی ہو رہی ہے بات کروں۔''

''یار!۔۔۔ میں اکیلے دکان چلا لوں گا کیا؟''

''یار! ہمت پکڑو۔''

اس نے ہمت کی چادر کا کونا مضبوطی سے پکڑ لیا اور چند روز میں دکان سنبھال لی۔ اس کی ماں نے جو رقم بیٹی کی شادی کے لیے پس انداز کی تھی باپ سے چوری اسے پکڑائی اور وہ ٹولز اور دکان کا سامان خرید لایا۔

''بیٹا۔۔۔ کرایہ کتنا ہے دکان کا؟''

''ماں چار سو روپے۔۔۔!''

''اتنا نکل آئے گا کیا؟''

''ماں دُعا کرنا۔''

(۳)

''یہ ٹیلی ویژن ہے۔۔۔'' ایک شخص نے کندھے پر سے کپڑے میں لپٹا ٹیلی ویژن اس کی ورکنگ ٹیبل پر رکھتے ہوئے کہا۔

''جی اسے مرمّت کرنا ہے چلتے چلتے بند ہو گیا ہے۔ جانے کیا ہوا؟''

''کل تک لے جانا۔۔۔''

''ہمیں رات تک چاہیے۔''

''اور کام بھی دینا ہے جی۔۔۔!''

''کوشش کر و یار، ہم مزدور آدمی ہیں دن بھر مزدوری کرتے ہیں رات میں ایک آدھ فلم دیکھ کر سوتے ہیں یہی تو اپنا رونق میلہ ہے۔''

یہ اپنی نوعیت کا پہلا مشکل کام تھا، تین گھنٹے کی محنتِ شاقہ کے بعد اس نے فالٹ ڈھونڈ لیا، فالٹ دور کرنے کے بعد اس نے ٹی وی آن کیا تو اسے عجیب سی خوشی نے گھیر لیا، اسے لگا وہ ہوا میں اُڑ رہا ہے، اسے اپنے اندر اعتماد اور طمانیت اُترتی محسوس ہوئی۔

''یہ میں نے ٹھیک کیا ہے۔ کیا مجھے کام آ گیا ہے؟ میں اپنا کاروبار الگ سے چلا سکتا ہوں ؟ میں نالائق نہیں ہوں۔۔۔ کُند ذہن اور غبی بھی نہیں، لیکن بابا مجھے ایسا کیوں کہتا ہے؟ بابا بے قصور ہے قصور معاشرے کا ہے، لوگ بابا سے کہتے ہوں گے تیرا بیٹا نالائق ہے، بابا تو سیدھا سادہ ہے آخر کس کا جی نہیں چاہتا کہ اس کی اولاد۔۔۔؟ وہ خوش تھا۔

مہینہ گزرنے پر اس نے حساب کیا دکان کا کرایہ، بجلی، کھانے اور چائے کا خرچہ نکال کر اسے ایک ہزار روپیہ بچ رہا۔ یہ اس کی اپنی محنت تھی، جب وہ گھر کو چلا اس کے پاؤں زمین پر نہیں ٹک رہے تھے، وہ سوچتا رہا، یہ ہزار روپے ماں کے ہاتھ پر رکھوں، بابا کو دوں، مولوی صاحب نے میری تربیت کی ہے ان کا حق زیادہ ہے یا دوست جس نے مجھے ہنر دیا، اس نے ماں سے مشورہ کیا ، ماں نے کہا رقم بابا کو دو وہ خوش ہوں گے۔

وہ جب سے دکان پر کام کرنے لگا تھا۔ اس کے باپ نے اسے ڈانٹنا کم کر دیا تھا، اسے وہ رات بھی یاد تھی جس میں اس کی ماں بابا کی پائینتی بیٹھی سمجھانے کے انداز میں کہہ رہی تھی ''اولاد جوان ہو جائے تو اسے مارا کرتے ہیں نہ بے جا ڈانٹا کرتے ہیں، اولاد کی بھی عزتِ نفس ہوتی ہے، وہ مجروح ہوتی ہے اولاد زچ ہو کر خودکشی کر لیتی ہے یا باغی ہو جاتی ہے۔ ہمارے بیٹے کی صحت کمزور ہے پھر بھی وہ دلجمعی سے کام سیکھ رہا ہے۔'' اس کی ماں تو پڑھے لکھے لوگوں جیسی باتیں کر رہی ہے۔

وہ جھجکتے ہوئے باپ کی کمرے میں داخل ہوا۔

''بابا۔۔۔''

اخبار سے نظریں اُٹھا کر اس نے بیٹے کو دیکھا۔

''کہو۔۔۔''

''بابا۔۔۔ یہ ہزار روپیہ۔''

''کہاں سے آیا ہے؟''

''بابا۔۔۔ میری اپنی محنت ہے۔''

(۴)

(کہانی بہت طویل ہے، سارے ٹکڑے جوڑے جائیں تو کہانی ناول میں ڈھل جائے گی، کسی بھی شخص کی عمر طبعی کو ناول، افسانے اور ڈرامے میں ڈھالنا بھی جانکاہی ہے، کہانی مکمل کرنے کے لیے ایک ایک ٹکڑا جوڑنا ضروری ہے، لباس میں پیوند لگے ہوں، تو بھی وہ لباس ہی کہلاتا ہے)

وہ ''کاویا'' پکڑے قلعی کی آمیزش سے ایک ریڈیو کے سرکٹ میں ٹانکا لگا رہا تھا کہ ایک آواز پر چونکا آواز کسی نے دکان کے باہر سے دی تھی۔

''میکینک''۔۔۔ پکارنے والا شخص کار میں بیٹھا تھا۔

وہ بادلِ ناخواستہ اُٹھ کر گیا۔

''ہمارا ٹی وی خراب ہے گھر چل کر دیکھنے کا کتنا لوگے؟''

''جی میں ڈاکٹر نہیں ہوں۔''

''خوب خوب۔۔۔'' سفید کنپٹیوں والا شخص ہنسا۔

''سامان اُٹھاؤ اور میرے ساتھ چلو۔''

اس نے شاپر میں اپنی ٹول کٹ ڈالی، ڈیجیٹل میٹر، پلاس، پیچ کس، قلعی کا ٹانکا لگانے کے لیے ''کاوِیا''۔۔۔!

گھر اتنی مسافت پر نہیں تھا، احمد ندیم قاسمی کے افسانے گھر سے گھر تک کا قالین کسی نے اس گھر میں لا بچھایا تھا وہ جوتیاں اُتارنے لگا تو اس شخص نے کہا۔

''یہاں یہ تکلفات نہیں چلتے۔''

''میکینک تمہاری چائے ٹھنڈی ہوگئی ہے پہلے چائے پی لو۔'' کمرہ حُسن کی آواز سے جگمگا اُٹھا۔

اس نے انگشتِ شہادت اور انگوٹھے کی مدد سے چائے پر سے بالائی کی تہہ ہٹائی اُسے پرِچ کے کونے پر جمایا اور ٹھنڈی چائے کا گھونٹ لیا۔

ٹی وی مرمت ہونے پر مزدوری کا پوچھا گیا۔

''پچاس روپے۔۔۔''

''صرف پچاس روپے'' لڑکی نے تحیر آمیز لہجے میں سوال کیا۔

''میں ڈاکٹر نہیں ہوں۔''

سفید کنپٹیوں والا شخص پھر ہنسا۔۔۔اس نے میکینک کو پانچ سو روپے پکڑائے، اس نے باقی رقم واپس کر دی۔۔۔

''عجیب میکینک ہے؟''

وہ اس گھر کا فرد ہوگیا، پچاس روپے کی دیانت داری سے۔

زندگی اپنی رو میں بہتی رہی۔شام و سحر کے پیمانوں میں وہ اپنی عمر کے سانس پورے کرتا رہا، بازار میں اس کی دکان کو وقت کے ساتھ ساتھ مرکزی حیثیت حاصل ہوتی چلی گئی،

سفید کنپٹیوں والے شخص نے اسے جس نام سے منسوب کیا تھا، وہ اس کے نام کا سابقہ لاحقہ کی بجائے مکمل پہچان بن گیا۔

''اوئے چھوٹے بھاگ کے جا۔۔۔ یہ چار چائے میکینک کی دکان پر دے آ۔۔۔''

''یار کمیٹی ڈالنی ہے تو پہلے اپنے میکینک یار کو بلاؤ۔۔۔''

''چھوڑو یار۔۔۔ انجمن ضرور بنانی ہے کیا؟ جو بنانا اتنا ہی ناگزیر ہے تو صدر میکینک کو چُن لو۔''

''وہ عزت کا سمبل بن گیا۔۔۔''

گھر پر جا کر مزدوری کرنے کو وہ اپنی زندگی کا حصہ نہ بنا سکا، لیکن سفید کنپٹیوں والے شخص کے ساتھ اس کی دوستی تعلق اس طور استوار ہوا کہ وہ فون آنے پر بھی ان کا کام نمٹا آتا، ایک دن وہ ان کے گھر سے Play Station کی Cleaning کا کام مکمل کر کے نکل رہا تھا کہ نقرئی آواز اس کے پاؤں کی زنجیر بن گئی۔۔۔

''میکینک تم بڑے مغرور ہو۔۔۔!''

''نہیں۔۔۔ ایسی کوئی بات نہیں۔۔۔''

''تم روبوٹ ہو گیا؟ ناک کی سیدھ میں آئے، کام کیا اور چلے گئے۔''

''انسان روبوٹ ہی تو بن کر رہ گیا ہے جی۔''

''لیکن جو پانچ سو روپے میں سے ساڑھے چار سو روپے لوٹا دے وہ روبوٹ نہیں ہو سکتا۔۔۔ بیٹھو۔۔۔ چائے پی کے جانا۔۔۔''

''دکان پر کام کارش چل رہا ہے۔۔۔''

''پندرہ منٹ میں چائے بن جائے گی، دو چار گاہک اور آ جائیں گے۔۔۔ تمہارے رزق

میں اضافہ ہوجائے گا۔'' وہ وہیں لان میں بچھی کرسی پر بیٹھ گیا۔۔۔مالی پودوں کو پانی لگارہا تھا، مالی نے پائپ ایک کیاری سے نکال کر دوسری میں ڈالا اور کھرپہ لے کر پودوں کی گوڈی کرنے لگا۔۔۔

''یہ سب لوگ مجھے بہت اچھے لگتے ہیں۔۔۔'' میکینک نے مالی کو دیکھ کر کہا۔۔۔

''کیسے لوگ۔۔۔؟ کون سے۔۔۔؟''

''یہ جو اپنے ہاتھ سے کما کر کھاتے ہیں۔۔۔''

''اس میں تو شک نہیں۔۔۔''

''میکینک تمہیں معلوم ہے آج میں نے تمہیں کیوں روکا ہے۔۔۔؟''

''کمپیوٹر میں کوئی مسئلہ ہوگیا ہوگا۔''

''نہیں تو۔۔۔''

''آج تمہارا مسئلہ ہے۔۔۔''

''میں سمجھا نہیں۔۔۔!''

''میکینک یہ بتاؤ تم ایک عرصے سے ہمارے گھر آرہے ہو۔۔۔''

''جی۔۔۔''

''پچھلے ایک دو ماہ سے میں نے ایک بات نوٹ کی ہے، اس کی جستجو نے تمہیں روکنے پر مجبور کیا ہے۔'' ایک گہرا سناٹا تھا جو لان میں پھیل گیا، عجیب سی چپ تھی جو پودوں کے پتوں پر گرد کی مانند جمی تھی، فضا میں پرندے اڑان بھول گئے تھے یا اس کی نگاہیں ساکت تھیں، لڑکی کے چہرے پر محبت کا کوئی پرتو نہیں تھا لیکن ایک فکر مندی تھی جو اس کی آنکھوں سے جھلکتی تھی، جھلکتی فکر مندی نے اسے بھی متفکر کر دیا، یہ میرے بارے کیا سوچ رہی ہے، مان لیا میں مدت مدید سے

یہاں آ جا رہا ہوں، مجھے اس گھر کے دیوار و در سے اُنس ہے، ہر اینٹ مجھ سے مانوس ہو چلی ہے لیکن اتنی اہمیت۔۔۔؟ اور وہ بھی بازار میں بیٹھے ایک میکینک کو۔۔۔! اس لڑکی نے اتنی تمہید کیوں باندھی ہے۔۔۔ بات کہنے میں اتنی دیر کیوں کر دی جاتی ہے؟ سانسیں اپنی رفتار بھول جاتی ہیں۔۔۔

"میکینک میری بات سن رہے ہو۔۔۔نا"

(نوکرانی چائے رکھ گئی)

"جی۔۔۔۔"

"میں دیکھ رہی ہوں تمہارے چہرے کا رنگ زرد ہو چلا ہے، تمہیں کیا روگ ہے؟"

"روگ تو کوئی نہیں۔۔۔۔"

"گردوں میں درد رہنے لگا ہے۔۔۔"

"مکمل چیک کرایا۔۔۔؟ مثلاً الٹراساؤنڈ وغیرہ"

"نہیں جی۔۔۔۔"

"میں نے پاپا سے کہا ہے۔۔۔ تمہیں کل صبح۔۔۔!" ابھی بات اس کے منہ میں تھی کہ سفید کنپٹیوں والا شخص لان میں داخل ہوا اور ان کے ساتھ بیٹھ گیا۔۔۔

"تو۔۔۔ پاپا میں اس سے کہہ رہی تھی کل صبح یہ آ جائے آپ اس کا مکمل چیک اپ کرا دیں۔۔۔"

"کیوں نہیں کیوں نہیں۔۔۔ میکینک تم صبح خالی پیٹ آ جانا۔۔۔ تا کہ جو Fasting Test ہوتے ہیں ان میں پریشانی نہ ہو۔"

"جی۔۔۔ ایسی کوئی بات نہیں میں دوائی لے رہا ہوں آپ کا بہت بہت شکریہ۔۔۔"

گردے کا معمولی درد ہے آرام آ جائے گا۔۔۔!''

''میکینک۔۔۔بڑوں کا کہا مانتے ہیں۔۔۔بس یہ آخری فیصلہ ہے تم صبح آ رہے ہو۔''

(۵)

ہسپتال میں جمگھٹا تھا۔۔۔

یہ چیک اپ کے چند ہفتوں بعد کی بات ہے۔۔۔وہ دکان میں کام کرنے میں مگن تھا کہ گردوں میں درد کی ٹیسیں شدید تر ہونے لگیں، کپڑے کی دکان والے بزرگ نے دکان کا شٹر گرایا، اپنی گاڑی نکالی، شوا سٹور والے نے اپنے بیٹے کو دکان سنبھالنے کو کہا اور کار کی پہلی سیٹ پر بیٹھ گیا، حُسنِ اتفاق ہے مولوی صاحب باربر شاپ میں بال ترشوا رہے تھے۔۔۔کہ ایک لڑکے نے کہا۔۔۔

''استاد جی۔۔۔اپنے میکینک کو بڑا شدید درد اٹھا ہے اسے ہسپتال لے جا رہے ہیں۔''

مولوی صاحب نے باربر کا ہاتھ روک لیا۔۔۔اور دکان سے اٹھ آئے۔۔۔سوزِ دروں رکھنے والے سارے اس کے ساتھ ہو لیے۔۔۔کسی نے گھر اطلاع کی اس کا بوڑھا باپ۔۔۔ماں اور بھائی پہنچ گئے۔۔۔اسے ہسپتال داخل کر لیا گیا۔۔۔

اسے بستر پر لیٹنے سے الجھن ہونے لگی یہ اس کے مزاج کا حصہ نہیں تھا، لیکن علاج ضروری تھا۔۔۔سب اس کے اردگرد موجود رہے، بچپن کے دوست، مولوی صاحب، دکان دار، سفید کنپٹیوں والا، ماں باپ۔۔۔ان سب کے درمیان موت بھی کہیں درمیان میں ہی گھوم رہی تھی کوئی بھی اسے نہ دیکھ سکا۔

موت گھومتی رہی۔۔۔!

ہسپتال کی کھڑکیوں کے شیشوں سے چھن چھن اندر آتی موت۔۔۔ہسپتال کے مین گیٹ

تک جاتی پلٹتی موت، اس کے بستر پر بیٹھی اس سے سرگوشیاں کرتی موت۔۔۔موت جو ازل سے ہماری رفیق ہے، کسی کو نظر نہیں آتی، موجود رہتی ہے، اس لمحے جس لمحے ہم پہلا سانس لیتے ہیں، انسان جنم لیتا ہے۔۔۔انسان کے ساتھ موت جنم لیتی ہے۔۔۔موت کو بینائی نہیں پا سکتی، وہ سانس کی رفتار کے ساتھ ساتھ چلتی ہے، میکینک کے ساتھ بھی وہ چل رہی تھی، اسے معلوم نہیں تھا، کسی کو معلوم نہیں ہوتا، وقت متعین ہے پھر بھی معلوم نہیں۔۔۔میکینک کے والد کو بھی معلوم نہیں تھا۔۔۔موت وہاں ہسپتال میں تھی یا نہیں۔۔۔کسی کو معلوم نہیں تھا۔۔۔

جس صبح سورج کی کرنوں سے موت دبے پاؤں اُتری میکینک کے بستر پر مسکراہٹ تھی۔۔۔خبر اس وقت ہوئی جب شٹر گرے اور چھوٹے سے بازار کی سب دکانیں بند ہو گئیں۔

(آخری منظر)

سورج اب بھی کوارٹروں کی اس قطار سے کنّی کترا کے گزرتا ہے، سردیوں میں دھوپ کی قلت ہونے سے ان کوارٹروں کے مکین گلی میں نکل بیٹھتے ہیں۔ مرد ڈیوٹی پر جاتے ہیں تو عورتیں گھر کا کام نمٹا کر کشادہ گلی میں چارپائیاں ڈال کر بیٹھ جاتی ہیں اور کھچر کھچر باتیں کرتی ہیں۔۔۔

ان میں ایک کردار کا اضافہ ہو گیا ہے۔۔۔!

ایک بوڑھا شخص ٹوٹی چارپائی دروازے کے سامنے ڈالے ہر آنے جانے والے سے سوال کرتا ہے۔۔۔

”اے بھائی۔۔۔اے بابا۔۔۔بیٹا۔۔۔او بیٹا۔۔۔بی بی۔۔۔میری بات تو سنو۔“

”میکینک کہاں گیا۔۔۔!“

☆☆☆

بوسیدہ آدمی کی محبت

وہ اتنی آہستگی اور خاموشی سے کمرے میں داخل ہوا کہ مجھے خبر ہی نہ ہوئی۔ میں ٹالسٹائی کے ناول ''آننا کارینینا'' میں کھویا ہوا تھا۔ کئی برس قبل کے روسی معاشرے میں اپنے آپ کو سانس لیتا محسوس کر رہا تھا۔ تمبا کو کی ناگوار بو میرے نتھنوں میں گھس کر میری سانسوں کی آمد و رفت میں رخنے ڈالنے لگی تو میں روسی معاشرے سے پلٹ کر اپنے کمرے میں آ موجود ہوا۔ وہ میرے بستر پر آلتی پالتی مارے سگریٹ پی رہا تھا۔ ایش ٹرے کی بجائے بائیں ہاتھ کی ہتھیلی پر راکھ جھاڑنا اس کا معمول تھا۔ وہ ایک بے ترتیب شخص تھا۔ اس کے اندر ہر لمحہ جوڑ توڑ اور توڑ پھوڑ جاری رہتی اور اس سارے عمل میں وہ مجھے بھی اپنے ساتھ شریک کر لیتا تھا۔ اس کے گھریلو مسائل بڑے

گمبھیر تھے وہ نظرانداز کیے جانے کے عذاب سے گزر رہا تھا۔ وہ بلا کا ذہین تھا۔ اسے کثیر المطالعاتی شخصیت بھی کہا جاسکتا ہے لیکن اپنے آپ سے ناراض ناراض رہنے کے سبب اس کی شخصیت عجب ڈھب کی بن گئی تھی۔ اسے دیکھتے ہوئے صاف محسوس ہوتا کہ اس کے اندر کہیں ایک پھانس ہے جو یوں اٹکی ہوئی ہے کہ اسے بے کل کیے دیتی ہے۔ میری اپنی مصروفیات تھیں جنہیں ہر بار تیاگ دینا میرے بس میں نہیں تھا۔ آج پھر وہ اپنے دُکھوں سے اُلجھ رہا تھا اور میں ٹالسٹائی کے سحر سے باہر نکلنا نہیں چاہتا تھا۔ اس پر ایک نظر ڈال کر میں پھر روسی معاشرے کے ایک کردار سے گفتگو میں کھو گیا وہ اس گفتگو میں مخل ہوا۔

''میری بھی ایک ''آننا کارینینا'' تھی۔۔۔!'' اس نے راکھ ہتھیلی کے ایش ٹرے میں جھاڑی۔ میں نے ناول بند کر دیا مجھے معلوم تھا کہ وہ مسلسل دراندازی کرے گا۔

اس کی باتیں سننا ناگزیر تھا۔

''کہو۔۔۔'' میں ہمہ تن گوش ہو گیا۔

''میری کہانی لکھو گے۔۔۔؟'' اس کے چہرے پر راکھ پھیلی تھی۔

''محبت اور صنفِ نازک کے موضوع پر، اس نے مجھے چونکا دیا تھا کیوں کہ یہ اس کی فیلڈ ہی نہیں تھی۔ تمہاری کہانی میں ہے کیا جسے قلم بند کیا جائے۔''

''میری بات سنو۔۔۔ تم دُنیا کے ہر موضوع پر قلم آزمائی کرتے ہو۔ کرنٹ افیئرز میں سے افسانہ تراش لیتے ہو ملکی اور بین الاقوامی حالات تمہارے قلم کی زد پر رہتے ہیں۔ عراق سے افغانستان تک امریکی جہاز B-52 سے گرایا جانے والا ڈیزی کٹر بم یوں لگتا ہے تمہارے سامنے تیار ہوا ہے۔ حکمرانوں اور نظام حکومت پر چوٹ کرنے سے تم باز نہیں آتے لیکن میری محبت کی کہانی رقم کرنا تمہارے لیے ایک مشکل امر ہے۔ یہ ایسا جانگسل مرحلہ ہے کیا جس میں سے تم نہیں

گزر سکتے!''

اس نے دوسرا سگریٹ سلگاتے ہوئے ایک ہی سانس میں یہ ساری باتیں کہہ ڈالیں۔تم اور محبت۔۔۔؟

''کیا مجھے محبت نہیں ہو سکتی۔شجر ممنوعہ ہے کیا میرے لیے۔۔۔؟''

''میرا مطلب ہرگز یہ نہیں ہے۔''

''انداز تو تمہارا ایسے ہے جیسے مجھ سے کوئی جرم سرزد ہو گیا ہے۔''

''دوست اس موضوع پر اتنا لکھا جا چکا ہے کہ اب ایسی کہانیاں فرسودہ لگتی ہیں۔۔۔!''

''تم انسانیت کے لازوال جذبے کو فرسودہ کہہ رہے ہو۔۔۔؟''

میں نے اس کی بات اُچک لی۔

''مجھے محبت جیسے لافانی اور عالمگیر جذبے کی سچائی سے انکار نہیں لیکن۔۔۔''

''لیکن کیا۔'' وہ اِموشنل ہو رہا تھا۔''کیا آدم کے لیے تنہا رہنا ممکن نہیں تھا۔جنت میں کس چیز کی کمی تھی۔حوا کی خواہش کیوں پیدا ہوئی؟ بولو۔۔۔،۔۔۔کیوں ،خلیفۃ الارض کی بقا عورت اور مرد کے وجود کی مرہونِ منت ہے۔''

''معلوم ہے مجھے۔۔۔!''میں نے دفاع کرتے ہوئے کہا۔

''تو پھر میری کہانی لکھو۔۔۔''

''بولو۔۔۔''

''وہ لیلیٰ ہے۔۔۔نہیں نہیں۔۔۔ہیر۔۔۔ بلکہ وہ لیلیٰ ہے نہ ہیر اور نہ ہی سوہنی۔وہ اِن سب روایتی قصوں سے زیادہ خوب صورت اور نفیس ہے۔ بالکل کرسٹل پیس۔۔۔ ہاتھ لگاتے ہوئے ڈر لگتا ہے کہیں ٹوٹ نہ جائے۔وہ جہاں سے گزرتی ہے اس کا نقشِ پا پھولوں کی کیاری میں

بدل جاتا ہے ہر پھول میں اس کے بدن کی مہک ہوتی ہے۔''

''یہ کہانی مجھ سے نہیں لکھی جائے گی۔۔۔!''

''کیوں۔۔۔؟''

''وہی روایتی باتیں، روایتی قصے، لبِ لعلیں، کاکل ورخسار کی باتیں۔''

''یار۔۔۔جس انہماک سے تم آنا کارینینا کا مطالعہ کر رہے تھے اسی انہماک سے میری کہانی نہیں سن سکتے کیا۔ یہ ناول بھی تو ایک کہانی ہے۔ تم اور کہانیاں لکھو گے۔ مجھے معلوم ہے تم پندرہ روز میں بدلنے والی پٹرولیم کی قیمتوں کا اِن میں ذکر کرو گے۔''

''میں ایسا افسانہ لکھنے کا ارادہ نہیں رکھتا۔۔۔!''

''ایک روز تم لکھو گے کیونکہ تم لکھاری ہو۔ تمہارے دماغ کے خلیوں میں جس روز یہ بات جڑ پکڑ گئی تا کہ ہر پندرہ روز بعد پٹرولیم کی قیمتیں بدلنے سے پندرہ کروڑ عوام پر کیا گزرتی ہے وہ کس ذہنی عذاب اور کرب سے گزرتے ہیں تو تم اس میں سے افسانہ تراش لو گے لیکن میری محبت کا قصہ تمہیں فرسودہ دکھائی دیتا ہے۔ آج وہ واقعی مجھے اپنی کتھا سنانے پر تلا ہوا تھا۔ جس میں کوئی نئی بات نہیں تھی۔''

''سن رہے ہو۔۔۔نا۔۔۔وہ جہاں پاؤں دھرتی تھی وہاں پھول کھلتے تھے۔''

''اب آگے بھی کہو۔ میرے پاس میرامن دہلوی کا قصہ چہار درویش سننے کا وقت نہیں ہے۔ یہ نئی صدی ہے نئے تقاضے ہیں۔ اب افسانہ بھی داستان کی طرح متروک ہونے والا ہے اور صرف دو سطری افسانچہ ہی تراشا جائے گا کیونکہ آج کے انسان کی برق رفتار مصروفیات اسے اتنا وقت ہی نہیں دیتیں کہ وہ مطالعہ کرے۔ بستر پر گر کر اسے صرف اتنا یاد رہتا ہے کہ مجھے **سلیپنگ** پلز لینی ہیں اور صبح ہونے پر پھر اِنسانوں کے جنگل میں گم ہو جاتا ہے۔ رزق تلاشتا ہے عجیب عہد ہے

یہ! یہاں توقیر کا معیار دولت ہے یہاں کامیاب اِنسان اُسے گردانا جاتا ہے، جس کے پاس مرسڈیز ہو، لینڈکروزر، کوٹھی، بینک بیلنس، شاندار بین الاقوامی بزنس، آئے دِن نئے ماڈل کی کار اور عورت خریدنا اس کا مشغلہ ہواور تم قدیم عہد کے اِنسان اپنی نامعلوم محبت کا قصے لے بیٹھے ہو۔ متروک عہد کی تواب باقیات بھی کہیں نظرنہیں آتیں۔''

میری گاڑھی گفتگو سے شاید اسے دھچکا لگا وہ اُٹھنے لگا تو میں نے سوچا چلو ایک اِنسان کی دِل جوئی کے لیے ہی اس کی پوری کتھا سن لی جائے۔

کارِثواب کا سوچ کر میں اپنے آپ پر ہنسا۔

ہر کام کا ہم ریٹرن چاہتے ہیں۔۔۔وہ کیش کی شکل میں ہو یا ثواب کی شکل میں!

''حسبِ معمول'' اس نے سگریٹ کا سرا زبان کے لعاب سے تر کیا۔لائٹر کے شعلے اور اس کی آنکھوں کے رنگ میں مماثلت تھی اور اسی رنگ میں اس کی کہانی پنہاں تھی!

میرے ذہن کی منتشر سوچوں کو اس کی کہانی نے ایک نقطے پر مرتکز کر دیا۔ میں ہمہ تن گوش تھا۔سگریٹ کا دھواں اور اُس کی ہتھیلی پر راکھ تھی جو ہاتھوں کی آڑی ترچھی لکیروں کو دُھندلاتی تھی۔ وہ بولتا تھا تو لفظ پھولوں میں بدلتے تھے۔ وہ پیکر تراشی کرتا تھا اور اپنی محبوب کی اداؤں سے ماحول کو معطر کرتا تھا۔ وہ لڑکی جس سے اسے محبت تھی اس کا ہیولا سانس لیتا محسوس ہونے لگا تھا۔وہ متشکّل ہوتی چلی گئی اپنی تمام تر اداؤں سمیت وہ میرے سامنے نہیں تھی، پھر بھی تھی!

اُس کا انتخاب اُسی کو معلوم تھا لیکن جانے کیوں وہ میری بھی رُوح میں اُترنے لگی تھی۔ میں اس کی آنکھوں، چہرے اور باتوں میں مناسبت تلاش کرتا رہا وہ اس کی آنکھوں میں تھی، چہرے اور باتوں میں بھی اس کی خوشبو تھی۔ وہ اسے کہاں ملی، کیسے ملی؟ ان باتوں کا اس کے پاس کوئی جواب نہیں تھا۔اس کا کہنا تھا بس وہ مجھے مل گئی اور میں موسموں کی پہچان بھول گیا۔

کہانی میں کوئی ٹرننگ پوائنٹ نہیں تھا۔۔۔

وہ بول رہا تھا اور میں سن رہا تھا۔

''وہ مجھے اتنا ٹوٹ کے چاہنے لگی تھی کہ کسی نے کسی کو کیا ٹوٹ کے چاہا ہوگا۔ صرف وہی تھی جو میرے دُکھ سکھ محسوس کرتی تھی، بانٹتی تھی، میرا خیال رکھتی تھی، میں جسے گھر کے ہر فرد نے نظر انداز کیا۔ میں تو خودکشی کے آخری کنارے پر کھڑا کسی اور جہاں کو دیکھنے کے لیے بے تاب تھا، جب اس نے مجھے اپنی مرمریں بانہوں کے حصار میں لے لیا۔ اس روز مجھے یقین ہوگیا زندگی میں ایک ہستی ایسی ضرور ہو جو اُسے ٹوٹ کر چاہے جس سے دُکھ بانٹے جا سکیں۔ جو اپنا وقت وار دے۔ جب وہ فون کے اس سرے پر ہوتی جو بے جان پلاسٹک سے بنا تھا تو اس کی آواز بے جان چیزوں میں جان ڈال دیتی۔ اس کی آواز میرے بدن اور رُوح کے خلیوں میں زیست بن کے تیرتی، میں میں نہ رہتا وہ ہو جاتا۔۔۔ میں گراہم بیل کو دُعائیں دیتا۔ وہ میرا اتنا زیادہ خیال رکھتی تھی کہ تمہیں اب بتا پانا میرے لیے ممکن نہیں ہے، بالکل ایسے جیسے آنگن میں لگے گملوں کے پودوں کا خیال رکھنا اسے اچھا لگتا تھا۔ اس کی باتوں کی پھوار سے میں بھیگتا اور نمو پاتا تھا۔ میں باتوں کی اور یادوں کی ڈائری کا ایک ایک ورق کھول کر تمہارے سامنے رکھ دوں تو تمہارے اس ٹالسٹائی کے ناول سے بڑا ناول تیار ہو جائے گا۔ موسیقی میں وہ نصرت فتح علی خان کی پوجا کی حد تک پرستار تھی، سر دھنتی تھی سُروں پر! اسے موسیقی کا دیوتا مانتی تھی۔ کبھی کبھی کمرہ بند کر کے ڈیک پوری آواز میں کھول لیتی۔

آجا تینوں اکھیاں اُڈیکدیاں۔ دِل واجاں ماردا۔۔۔

ڈیک کی آواز سے کھڑکیوں کے شیشوں میں تھرتھراہٹ پیدا ہوتی وہ لرزتے، تھرتھراتے یوں لگتا ابھی ریزہ ریزہ ہو جائیں گے۔ اس کی آنکھوں سے بھی موسیقی بہنے لگتی بچوں کی طرح

کھلکھلاتی، چھیڑتی تنگ کرتی اور کہتی۔۔۔سن رہے ہو۔۔۔۔۔۔دھیان سے سنا کرو اور نصرت فتح علی خان مسلسل کہہ رہا ہوتا۔

''تینوں اکھیاں اُڈیکدیاں، دِل واجاں ماردا''

وہ کہتی ''تم جہاں بھی رہو گے یہ دل تمہارے لیے دیئے کی مانند جلتا رہے گا۔ میں آنسوؤں کے تیل سے اسے روشن رکھوں گی۔ اگر میں مر بھی گئی نا۔۔۔تو میری کھلی آنکھوں میں تیرا انتظار ٹمٹماتا رہے گا۔''

''میں اس کے منہ پر ہاتھ رکھ دیتا۔ میں اور کر بھی کیا سکتا تھا۔''

''ایسی دُکھ دینے والی باتیں نہ کیا کرو۔۔۔''

وہ کھلکھلا کر ہنستی اور کہتی ''موت تو ازلی حقیقت ہے۔''

میں پہروں سوچتا رہتا اپنے آپ سے اُلجھتا رہتا۔ ''یہ ایسا کیوں سوچتی ہے شاید میں اس سے پہلے گزر جاؤں۔''

راکھ ہتھیلی پر جھاڑتے ہوئے اس کی آنکھوں میں بادل اُتر آئے۔ پوہ کی جھڑی سی لگ گئی۔

وہ خبر نہیں تھی۔۔۔وہ رو دیا۔

موت کی خبر تھی یا ازلی حقیقت مجھے نہیں معلوم لیکن میرے اندر میری پوری زندگی مر گئی۔ میرے جنازے کے اردگرد اس کی یادیں بیٹھی بین کر رہی تھیں۔ ہر یاد الگ کُرلاتی اور ماتم کرتی تھی۔ مجھے خبر ہی نہیں تھی میں کب فنا کے دروازے سے گزرا ہوں، مجھے اپنے جنازے کا وقت بھی معلوم نہیں تھا۔ کندھا کس نے دینا ہے؟ فنا کے دروازوں سے گزر جانے والوں کو اس کی خبر نہیں ہوتی۔ وہ اس سے بھی بے خبر ہوتے ہیں کہ کتنے لوگوں نے سوگواری کا کفن پہنا، بس وہ گزر جاتے

ہیں۔ نئے جہانوں کی خبر بھی پلٹ کر نہیں دے سکتے۔

''میں بھی فنا سے بقا کو نکل گیا۔''

''اب کوئی نقشِ پا پھولوں کی کیاری میں نہیں بدلے گا۔''

''رنگِ حنا مخروطی اُنگلیوں کے کنارے اٹھکیلیاں نہیں کرے گا۔''

''کیا اس کی آنکھیں اب بھی کھلی ہوں گی۔''

''کیا وہ فنا کے جہاں سے گزر کر بھی مجھے اُڈیک رہی ہوگی۔''

سوالوں کا لامتناہی سلسلہ میرے اندر پھیلتا سمٹتا رہتا ہے۔ سینکڑوں یادیں میرے اندر ماتم کناں رہتی ہیں۔ میرے دل کی سرخ زمین پر کُرلاتی اور اُسے تلاش کرتی ہیں۔

میں اس کے گھر تک کیسے پہنچتا ہوں؟ مجھے نہیں معلوم! مگر جب میں وہاں جاتا ہوں تو وہ صحن کے وسط میں بچھی چارپائی پر پُرسکون، نیند کی وادیوں میں ہمیشہ کے لیے اُتر چکی ہوتی ہے۔ کفن میں چہرے کو چھپائے ہوئے۔ مگر مجھے یوں لگتا ہے درونِ کفن آنکھوں میں میرے انتظار کی قندیل روشن ہے۔

میز پر رکھے ٹالسٹائی کے ناول آننا کارینینا کے سارے کردار ناول سے نکل کر میرے اردگرد اکٹھے ہو گئے۔ ان میں استی پان ارکاویچ تھا، ڈالی اور لیوین، گریشیاء اور ابلونسکی! پورے ماحول پر مرگ کا دھواں پھیلا تھا۔۔۔

وہ میرے سامنے بیٹھا تھا، چپ، سوگوار اور اُجڑا اُجڑا سا ناول کا ایک زندہ کردار!

''میرے دوست تمہاری محبت کا انجام انتہائی دردناک اور الم ناک ہے۔''

''میری کہانی تو اب شروع ہوئی ہے۔۔۔'' اس نے سگریٹ کی خالی ڈبیا موڑ توڑ کر ڈسٹ بِن میں پھینکتے ہوئے کہا ''میں سمجھا نہیں۔۔۔''

اُس نے راکھ ہتھیلی پر جھاڑتے ہوئے کہا۔۔۔"میں بھی نہیں سمجھا، مجھے کیسے ملی تھی اور ملتی بھی کیسے یار۔۔۔مجھ ایسے بدصورت اور بوسیدہ آدمی سے بھلا کون محبت کرے گا۔۔۔؟"

☆☆☆

لالٹین جلتی رہے

اس کی بیوی لالٹین میں مٹی کا تیل ڈال رہی تھی۔ساتھ ساتھ بجلی کے محکمے کو بھی کوس رہی تھی۔خاک ترقی ہوئی ہے بادل گرجتے برستے بعد میں ہیں ذرا سی ہوا چلی اور بجلی گئی۔عمر گزر گئی روگ نہ گزرے۔لالٹین بھی ایک مسئلہ ہے چمنی صاف کرو ماچس ڈھونڈ کر ساتھ رکھو۔۔۔کیا مصیبت ہے۔اندھیرے میں ٹامک ٹوئیاں مارنے سے بہتر ہے ابھی بندوبست کر کے رکھ لوں،اس نے ماچس چھنکا کر تسلی کی کہ ڈبیا میں کتنی تیلیاں ہیں۔۔۔؟بادل زور سے کڑکا بجلی چمکی اور ساتھ ہی بجلی چلی گئی۔

''نگوڑی جانے کب آئے گی۔''اس نے دیا سلائی جلائی لالٹین کو روشن کیا اتنے میں اس کا

خاوند کھانستا ہوا گھر میں داخل ہوا۔

''بڑے گہرے بادل ہیں اللہ خیر کرے۔۔۔''

''روٹی ابھی کھاؤ گے یا بجلی کا انتظار کرو گے۔''

''بجلی جانے کب آئے زوروں کی بھوک لگی ہے نیک بخت روٹی لے آ۔۔۔!''

اس نے خاوند کے سامنے روٹی پروسی۔نوالہ منہ میں ڈالتے ہوئے اس نے کہا۔۔۔

''بچے اپنے اپنے گھروں کے ہو گئے تنہائی کتنی بڑھ گئی ہے۔''

''تنہائی تو انسان کا مقدر ہے۔''

''ہاں ٹھیک کہتی ہے۔زمین پر گنے چُنے سال ہیں۔سوچتا ہوں مرنے کے بعد صدیوں تنہائی کاٹنی ہے۔''

میرے خیال میں ہارن کی آواز ہے۔

کوئی گاڑی گزری ہوگی۔

رِم جھم شروع ہو چکی تھی۔دروازے پر دستک ہوئی۔کھانا چھوڑ کر وہ دروازے پر گیا واپس اندر داخل ہوتے ہوئے اس کا چہرہ خوشی سے گلنار تھا۔

''خوش بخت۔۔۔دیکھ اللہ نے تنہائی کاٹنے کا سامان کر دیا ہے۔مہمان آ گئے ہیں۔اللہ کی رحمت اتری ہے۔دیکھو تو کون آیا ہے۔۔۔؟''

وہ آگے بڑھ کر سب سے ملی۔برسوں میں شاید وہ پہلی بار آئے تھے یا وہ آئے ہوں اور انہیں یاد نہ ہو۔کیا واقعی مہمان آئے ہیں۔۔۔؟ کیا ایسے تو نہیں مصروفیات کی چکا چوند میں ہمیں خبر ہی نہیں ہوتی کہ مہمان آئے ہیں۔لالٹین کے عہد میں تو رشتہ دار ایک دوسرے کے گھروں میں مہینوں قیام کیا کرتے تھے۔یہ ہم غریبوں کے گھر کی راہ کیسے بھول گئے۔ہم سے تو انہیں کوئی

مطلب، غرض اور کام بھی نہیں ہوسکتا پھران کا آنا۔۔۔؟ یہ راہ بھول گئے ہیں اتنے چھوٹے سے گھر میں ایسے مہمان تونہیں اُترا کرتے۔

''اری خوش بخت۔۔۔ مہمانوں کو بٹھا۔۔۔ کن خیالوں میں گم ہے۔''

''پہلے یقین تو آ لینے دو۔۔۔''

اس نے بچوں کو پیار کیا۔ سر پر بوسہ دیا اور باورچی خانے کی راہ لی۔ کمرہ مہمانوں کی خوشبو سے بھر گیا۔۔۔

''بیٹا۔۔۔ کیسے راہ بھول گئے یقین ہی نہیں آ رہا۔''

''بہت سالوں سے دل مچلتا تھا چچا لیکن ہم نے اپنے اردگرد جو یہ آسایشوں کے حصول کی دیواریں اٹھا رکھی ہیں انہوں نے اتنا الجھا دیا ہے کہ بس مت پوچھیے۔۔۔ کاروبار بہت پھیل گیا اور مزے کی بات یہ ہے کہ کاروبار کے ساتھ ساتھ بیماریاں بھی پھیل گئی ہیں۔ آپ کی یاد ہمیشہ آتی ہے۔۔ یہ میری نالائقی ہے اور بس اسے کیا نام دوں۔۔۔''

لالٹین کی روشنی میں اس نے پریشر کُکر میں سالن پکانے کو رکھا۔ توے پر سے گرم گرم چپاتیاں اُتاریں۔ ان کے آنے سے گھر میں ایک دم بہار آ گئی تھی۔ قہقہے بٹنے لگے تھے۔ اس کا بھتیجا برسوں بعد راہ بھولا تھا۔ بہو بڑی سندر، من موہنی، دلکش، ہنس مکھ، ملنسار اور خوش اخلاق تھی۔۔۔

''خالہ۔۔۔ ان کو میں ساتھ لائی ہوں اس سے پہلے کہ یہ اپنے نمبر بنائیں۔ انہیں ساری عمر نمبر بنانے کا شوق رہا ہے۔ انہیں تو سر کھجانے کی فرصت نہیں ہوتی۔''

''بیٹا۔۔۔ ہر طرح سے خیریت ہے نا۔۔۔ اِدھر اُدھر سے ہم خاندانی مسائل کا سنتے رہتے ہیں۔ کوئی پریشانی تونہیں ہے نا۔۔۔!''

''چچا۔۔۔آپ کے گھر آ گئے ہیں سکون آ گیا ہے اب کوئی پریشانی نہیں۔''

''بجلی آنے پر بچے اپنی دنیا میں مگن ہو گئے۔کیبل،ویڈیو گیمز،انٹرنیٹ۔۔۔!''

کمرے میں وہ چار رہ گئے رات ان کے درمیان تھی لالٹین جلتی رہنے دی گئی۔مہمانوں کے پاس ایک پوٹلی تھی جس میں دکھ،رنجشیں،مسائل،رویے،غلط فہمیاں اور درد بندھے تھے۔یہ شہر کی سوغات نہیں بلکہ خاندانی رویوں کی گٹھڑی تھی۔مہمان جو اس گھر میں اترے تھے وہ اس گٹھڑی کو برسوں سے سر پر اُٹھائے پھر رہے تھے اب یہ اتنی وزنی ہو چلی تھی کہ ان کی گردن کے مُہرے سوجن پکڑنے لگے تھے۔

بات کا کوئی سرا ہاتھ نہیں آ رہا تھا۔

سگریٹ کا دھواں تھا،وہ تھے،رات تھی،چائے تھی۔۔۔!

''چچا۔۔۔کہانی طویل نہیں ہے میں مختصر بیان کرنے کی کوشش کروں گا۔میرا دکھ وہی نسلِ آدم کا دکھ ہے جو وہ صدیوں سے بھوگ رہا ہے وہی کہانی ہے جو بار بار زمین پر نئے کرداروں کے ساتھ دہرائی جا رہی ہے۔نسلیں بدل جاتی ہیں۔ایک کے بعد دوسری نسل زمین پر اپنی عمریں کھینچتی ہے لیکن دُکھ،درد اور مسائل وہی ہیں جو ہر گھر میں موجود ہیں۔مختصر بیان اس لیے کہ لوگ لمبی کتھا سے اس دور میں اُکتا جاتے ہیں۔''

درد کی پہلی گانٹھ کھل گئی۔۔۔اس کی بیوی نے چار پائی پر آلتی پالتی مارتے ہوئے بات کو گرہ لگائی۔''ان کے دماغ کی شریان پھٹتے پھٹتے بچی ہے خالہ۔۔۔ہسپتال داخل رہے ہیں۔ان کا اوپر والا بلڈ پریشر دو سو اور نیچے والا ایک سو تیس پر پہنچ گیا۔رات کی نیندیں ان کی ختم ہو گئی ہیں اب گولی لے کر مصنوعی نیند کے سہارے زندگی گزار رہے ہیں۔مصنوعی نیند کے سہارے آدمی بہت سال نہیں جی سکتا۔میں نے انہیں مجبور کیا کہ ہمیں کچھ دن گاؤں جا کر گزارنا چاہئیں۔آؤٹنگ ہو جائے

گی آب وہوا کی تبدیلی سے ڈاکٹر کہتے ہیں بڑا فرق پڑتا ہے۔'' چائے کی چسکی لیتے ہوئے اس نے کرسی کی پشت پر اپنے آپ کو ڈھیلا چھوڑ دیا۔

''چچا۔۔۔ابا دنیا سے گئے تو میرا ایک ہی قصور تھا میں گھر میں سب سے بڑا تھا۔حتی المقدور میں نے معاملات کو حل کیا۔بہنوں اور بھائیوں کو زمین کا ٹھیکہ پورا پورا ادا کرتا ہوں۔ فیکٹری کی آمدن میں بھی کبھی ڈنڈی نہیں ماری۔لیکن میں حیران ہوں کس دن کس وقت ہماری باہمی محبت کی دہلیز کو دیمک لگی۔چھوٹی چھوٹی باتیں کب بھانبڑ بن گئیں۔میں فرشتہ نہیں ہوں مجھ میں بھی خامیاں ہوں گی۔لیکن میری مکمل آنکھ اس وقت کھلی جب مجھے وقت نے گواہی دی کہ میری بہنوں کے دل میں میری محبت دم توڑ گئی ہے۔کیوں کیسے کب۔۔۔نہیں معلوم۔۔۔عورتوں کی کُڑ کُڑ میں میرے بھائیوں نے کب نفرت پالی اس کا کوئی سراغ نہیں مل سکا۔زمینوں کے معاملات کی شکایات،فیکٹری کے مالی امور میں ان کی بدگمانی۔۔۔!مجھ سے بات کر لی ہوتی جب ابا کے بعد ان کا حصہ ان کو ادا کر سکتا ہوں تو شکایات کے ازالہ بھی کرتا۔وہ یہاں وہاں بات کرتے رہے۔بات ہوا پکڑتی رہی۔زبان سے کچھ نکلتی ہوگی،رنگ کیا کیا پکڑتی گئی۔میری بہنیں کب میری بیوی سے نالاں ہوئیں۔۔۔؟ حالانکہ یہ سامنے بیٹھی ہے آپ حیران ہوں گے اس نے ہمیشہ مجھے ان کا خیال رکھنے کا مشورہ دیا ہے۔ان کے حقوق کی ادائیگی کے ساتھ ساتھ مجھے ان کے ساتھ نرم رویے کا کہتی ہے۔''

میری ایک بہن کو گلہ ہے۔۔۔ہم ان کو پروٹوکول نہیں دیتے۔۔۔یہ پروٹوکول کیا ہوتا ہے۔۔۔؟

اپنوں میں تو اپنائیت ہوتی ہے۔صلہ رحمی میں تکلفات کا کیا گزر۔۔۔گزشتہ برس میری بہنوں نے عیدی واپس بھجوا دی۔آپ یقین کریں میں نے تینوں کو زیرو میٹر گاڑیاں نکلوا کر

دیں۔ مجھے کوئی پروٹوکول کوئی ریٹرن نہیں چاہیے تھا۔ جانے وہ کون لوگ ہیں جن کی باتیں سن کر وہ مجھ سے نفرت کرنے لگی ہیں چچا کہیں ہم آپس میں سوتیلے تو نہیں۔۔۔۔!''

''نہیں نہیں بیٹا۔۔ میں سمجھ رہا ہوں۔ دھاگے اُلجھ کر رہ گئے ہیں۔۔۔ بیٹا۔۔۔ مشورہ دینے کی پوزیشن میں جانے ہوں یا نہیں۔ ایک دو باتیں عرض کرتا ہوں۔۔۔ تجربے کا نچوڑ کہہ لو۔

مشترکہ خاندان کا تانا بانا بکھرنے کا سب سے بڑا نقصان تو یہ ہوا ہے کہ ہر فرد تنہا ہو گیا ہے۔ دوسرا ہر آدمی اپنے آپ کو عقلِ کل سمجھتا ہے۔ زرداری کی اندھی دوڑ، نے عقل پر پٹی باندھ دی ہے۔ چھوٹے بڑے کی تمیز ختم ہو گئی ہے۔ احترام کا لفظ متروک ہو چلا ہے۔ خاندان میں ایک بزرگ کی اہمیت اور اس کے فیصلے ہمیں بہت سی قباحتوں سے بچا لیتے تھے۔ بزرگ کے ختم ہونے سے خاندان کی مرکزی حیثیت ختم ہو گئی ہے۔ خاندان افراد کا مجموعہ ہوتا ہے ہر فرد کا مزاج اور سوچ الگ ہوتی ہے۔ ہم اسے بدلنا بھی چاہیں تو نہیں بدل سکتے۔ انسانی فطرت نہیں بدلتی۔ رویے اچھے ہوں یا بُرے، مزاج کا حصہ ہوتے ہیں، ہم خاندان کے ہر فرد کا مزاج اپنے مزاج کے مطابق نہیں ڈھال سکتے۔ یہ بھول جاؤ۔ ایسا ممکن نہیں ہے لیکن زمین پر زندہ بھی تو رہنا ہے۔ سُکھ کا سانس بھی تو تلاش کرنا ہے۔ یہ مشکل ضرور ہے لیکن تم رویوں پر کُڑھنا چھوڑ دو۔ دوسروں کی کہی ہوئی بات اپنے اوپر کیوں سوار کرتے ہو۔۔۔؟ بات کرنے والے ایک جملہ کہہ کر، تیلی پھینک کے اپنی دنیا میں مگن ہو جاتے ہیں اور تم اسی ایک جملے کو ناسور بنا کر کڑھتے رہتے ہو۔۔۔ کیوں بیٹا۔۔۔ کیوں آخر کس لیے۔۔۔ کیا تم ان کے غلام ہو۔۔۔ تم ایک جملے کے غلام بن جاتے ہو۔۔۔ آزاد اور مثبت سوچ رکھنے ولا انسان کبھی رویوں کا غلام نہیں ہوتا۔ کسی کو دکھ نہ دو کسی کا برا نہ سوچو اپنی مصروفیات پال لو ان میں کھو جاؤ۔۔۔ بیٹا۔۔۔ یہ روگ نہ پال۔۔۔ دوسروں کی باتیں سن کر کڑھنے والے

لوگ کمزور ہوتے ہیں وہ بہت جلد تھک جاتے ہیں۔صحت اور زندگی ہار جاتے ہیں میرا مشورہ ہے تم زمین اور فیکٹری کے حصے بھائیوں بہنوں کے حوالے کردو۔اپنے بیوی بچوں کے حصے کا وقت کہیں اور کیوں بانٹ آتے ہو۔یہ بھی تو خیانت ہے نا۔۔۔دوسروں کا بوجھ کب تک ڈھوتے رہو گے۔بہت کٹھن ہوتا ہے۔انہیں اپنا بوجھ خود ڈھونے دو۔''

رات بھیگ چلی تھی۔

ایک بزرگ کی موجودگی نے وہ سارے درو ُحن لیے تھے، جسے سہتے سہتے اسے بلڈ پریشر اور انجا ئنا نے آلیا تھا۔اس کا شاید کتھارسس ہوگیا۔۔کہیں کوئی ایک شخص ایسا نہیں تھا جو اس کو اتنا وقت دیتا اس کی تنہائی کاٹتا۔۔تنہائی کا صحرا کاٹنے والی دوائی ابھی تک ایجاد نہیں ہوئی۔وہ بستر پر لیٹا تو اپنے آپ کو بہت ہلکا پھلکا محسوس کررہا تھا۔اس کے چچا نے گٹھڑی اس کے سر سے اتار لی تھی۔اس نے دیکھا لالٹین دروازے کے درمیان روشن رہنے دی گئی تھی کہ خدانخواستہ بجلی جائے تو مہمانوں کو تکلیف نہ ہو۔اس رات اسے بغیر دوائی کے گہری نیند آئی۔وہ دو تین روز کا پروگرام لے کر آئے تھے۔

(۲)

اس رات بھی بارش ہورہی تھی۔

لالٹین دونوں کمروں کے درمیان رکھی روشن تھی۔

فون کی گھنٹی پر اس نے ریسیور اُٹھایا تو اس کی آواز میں خوشی تھی۔

''کس کا فون تھا۔۔۔''بیوی نے پوچھا۔

''عاصم تھا۔ان کے معاملات طے پاگئے ہیں۔''

''مسائل حل ہوگئے۔''

دونوں میاں بیوی بہت خوش تھے۔ بہو کہہ رہی تھی اب یہ نیند کی دوائی کے بغیر سو جاتے ہیں۔ بلڈ پریشر کی دوائی بھی کم ہو گئی ہے۔ تیرا بھی شکر یہ ادا کر رہے تھے۔۔۔ بہت خوش تھے۔۔۔ بہت خوش تھے۔۔۔ بہت۔۔۔ خوش۔۔۔!

''یہ آپ کانپ کیوں رہے ہیں۔۔۔؟''

اس نے لالٹین کی لو اُونچی کی۔

''کچھ نہیں۔۔۔ بلڈ پریشر والی گولی نکال دے اور ہاں لالٹین جلتی رہے مجھے اندھیرے سے خوف آتا ہے۔''

''فون پر اور کون سی ایسی بات ہوئی کہ تم دکھی ہو گئے۔۔۔''

''کچھ نہیں اپنے بچے یاد آ گئے۔ کئی سال گزر گئے اب تو کبھی فون بھی نہیں آیا۔'' یکایک اس کی آنکھوں پر دکھ کی بارش تیز ہو گئی اور خوش بخت کے ہاتھ میں پکڑی ہوئی لالٹین زور زور سے بھڑکنے لگی۔

☆☆☆

منتخب عصری افسانوں کا ایک اور مجموعہ

کاغذ کی راکھ

مصنف : محمد حامد سراج

بین الاقوامی ایڈیشن جلد منظر عام پر آرہا ہے